从心所欲不逾矩

许渊冲

2021年4月（100岁）

许渊冲汉译经典全集

王尔德

An Ideal Husband

理想丈夫

许渊冲 译

创于1897 商务印书馆 The Commercial Press

图书在版编目（CIP）数据

理想丈夫 /（英）奥斯卡·王尔德著；许渊冲译．—北京：商务印书馆，2021
（许渊冲汉译经典全集）
ISBN 978-7-100-19419-8

Ⅰ.①理… Ⅱ.①奥… ②许… Ⅲ.①戏剧—剧本—英国—近代 Ⅳ.① I561.34

中国版本图书馆 CIP 数据核字（2021）第 022313 号

许渊冲汉译经典全集
理想丈夫
〔英〕奥斯卡·王尔德 著
许渊冲 译

商 务 印 书 馆 出 版
（北京王府井大街 36 号 邮政编码 100710）
商 务 印 书 馆 发 行
南京爱德印刷有限公司印刷
ISBN 978 - 7 - 100 - 19419 - 8

2021 年 3 月第 1 版　　开本 765×965 1/32
2021 年 3 月第 1 次印刷　　印张 5 7/8

定价：78.00 元

献给

法兰克·哈里斯

高人一等的艺术家

高贵浪漫的好朋友

目 录

剧中人物

卡维汉伯爵	嘉德勋爵
戈琳子爵	伯爵之子
罗伯特·齐腾·巴特爵士	外交部次长
南也克伯爵	法国驻伦敦使馆参赞
芒沃德	
马逊	罗伯特·齐腾爵士侍从
菲利浦	戈琳子爵仆从
詹姆斯	仆人
哈罗德	仆人
齐腾夫人	
马克比夫人	
巴西顿伯爵夫人	
马其孟太太	
玛贝尔·齐腾小姐	罗伯特·齐腾爵士之妹
车维莱太太	

布　景

第一幕

格文罗广场罗伯特·齐腾爵士家八角厅

第二幕

罗伯特·齐腾爵士家起居室

第三幕

古棕街戈琳子爵家图书室

第四幕

同第二幕

时　间：现在

地　点：伦敦

演出时间：二十四小时内

首演时间：1895年1月3日在伦敦皇家剧院

第一幕

格文罗广场罗伯特·齐腾爵士家八角厅，厅内灯火辉煌，宾朋满座。楼梯高处站着齐腾夫人，一个身高而庄严的希腊美人，二十七八岁。她在接待客人上楼。楼梯上方挂着一盏大吊灯，朦胧光线照耀着十八世纪法国挂毯，毯上画着布谢的《爱的胜利》——这是楼梯壁上的名画。右边是音乐厅的入口，弦乐四重奏之声隐约可闻。左边是其他接待室的入口。马其孟太太和巴西顿夫人两个美人坐在路易十六式的沙发上。她们是典型的纤弱女性。她们娇柔做作的姿态却有一种微妙的魅力，是法国画家华托画中的人物。

马其孟太太　今晚去哈特罗家吗，玛嘉莉？[①]

巴西顿夫人　我想是吧。你呢？

马其孟太太　去吧。真是讨厌得要死的晚会。你看是吗？

巴西顿夫人　讨厌得要死！不知道为什么我要去。不知道为什么要去参加任何晚会。

马其孟太太　我去是受教育。

巴西顿夫人　啊，我讨厌受教育！

马其孟太太　我也一样。简直把人降低到做生意人的地步了，是不是？但是亲爱的洁露德·齐腾总是对我说：生活应该有个认真的目的。所以我到这里来就是来找一个目的。

巴西顿夫人　（用望远镜向周围一看。）我今夜在这里找不到一个可以进行认真谈话的人。请我来晚餐的人整晚对我谈的都是他的妻子。

马其孟太太　这种人多么琐碎！

---

① 编者注：根据下文几处两人之间相互称呼的逻辑关系，此处应该为“奥莉薇”，但是原文如此。

巴西顿夫人　琐碎得可怕！你的男人谈了些什么？

马其孟太太　谈的都是我。

巴西顿夫人　（没精打采。）你听得有兴趣吗？

马其孟太太　（摇摇头。）一点趣味也没有。

巴西顿夫人　我们真成了牺牲品了，亲爱的玛嘉莉。

马其孟太太　（站起。）但是这又多么适合我们啊，奥莉薇。

（她们站起来走向音乐厅。南也克伯爵上。这是个年轻的法国参赞，领带打得像外交官，喜欢英国文化，低头弯腰走来，加入谈话。）

马　　　逊　（在楼梯口宣报。）坚·巴甫德先生和夫人到，卡维汉勋爵[①]到。

（卡维汉勋爵上，一位七十岁的贵族，戴着嘉德星形勋章，佩着绶带，是个自由党人，看来很像罗伦斯的画像。）

---

① 编者注：勋爵，原文为Lord，英国贵族的一种名誉头衔，可以世袭，伯爵、子爵包括在内，故正文中的“卡维汉勋爵”和“戈琳勋爵”与剧中人物表中的称呼并不矛盾。

卡维汉勋爵　晚上好，齐腾夫人！我游手好闲的儿子来了没有？

齐腾夫人　（微笑。）我怕戈琳勋爵还没有来。

玛贝尔·齐腾　（上前迎接卡维汉勋爵。）你为什么说戈琳勋爵游手好闲呀？

（玛贝尔·齐腾是英国苹果脸美人的典型，她像一朵鲜花一样自由开放。阳光在她的头发上犹如波浪起伏，她的樱桃小口嘴唇微微张开，像孩子的小嘴在等待亲吻。她有年轻人不容分说的魅力，又有清白得出人意料的勇气。在心神健全的人看来，她是不拘小节的艺术品。但她的确像是汤拉加的小塑像，不过你若要告诉她，她又要噘起嘴唇来了。）

卡维汉勋爵　因为他过着无所事事的生活。

玛贝尔·齐腾　你怎么能这样说呢？他每天早上十点钟在海德公园骑马，每星期去三次歌剧院，一天至少要换五次服装，每天晚上都要按季节出外晚餐。你总不能说这是过着游游荡荡、无所事事的生活吧，是不是？

卡维汉勋爵 （好意地向她眨眨眼睛。）你是一个非常迷人的小美人。

玛贝尔·齐腾 你说得多么好听啊，卡维汉勋爵！请你常来我们家吧。你知道我们星期三总是在家的，而你戴着你的星形勋章，多么熠熠生辉啊！

卡维汉勋爵 我现在哪里也不去了。伦敦的社交生活已经使我厌倦，我已经不太在乎我的裁缝给我量尺寸了。他总说我的右侧比左侧尺寸更对。他坚决反对我同衣冠楚楚的夫人出外赴宴，因为我夫人的帽商是他的对头。

玛贝尔·齐腾 啊，我喜欢伦敦的社交生活！我觉得它已经大大改进了。参加的人都是美丽的傻瓜和光辉灿烂的疯子。这正是社会的缩影。

卡维汉勋爵 哼，哪一个是戈琳？美丽的傻瓜还是别的？

玛贝尔·齐腾 （认真地）我现在不得不把戈琳勋爵

归入自己一类了。不过，他发展得实在令人眼花缭乱。

卡维汉勋爵　怎样发展的？

玛贝尔·齐腾　（稍微谦虚一点）我很快就会让你知道的，卡维汉勋爵！

马　　逊　（宣告客人来到。）马克比夫人到，车维莱太太到。

（马克比夫人同车维莱太太上。马克比夫人是一个快活、和气、大家喜欢的女人，侯爵夫人式的头发装饰还有丝带。同来的车维莱太太个子高而苗条，嘴唇薄而红，脸色苍白，上有深红条纹，威尼斯式的红色头发，鹰钩鼻，长颈，红色使脸更显得苍白，灰绿眼睛不断转动，紫衣带上的钻石看起来像果园，令人惊奇，行动优雅，整个说来是一件艺术品，但是看得出杂派的影响。）

马克比夫人　晚上好，亲爱的洁露德！谢谢你邀请我和我的朋友车维莱太太来做客。你们两位如此大受欢迎的贵人自然是相见恨晚的了！

齐腾夫人（甜蜜地微笑着走上前去欢迎车维莱太太，忽然一下站住，令人注目地弯腰致意。）我想车维莱太太和我曾见过面。不过我不知道她又重新结婚了。

马克比夫人（温和地）啊，今天的人随时愿意结婚就结婚，是不是？结婚是最时髦的事了。（对玛丽波罗公爵夫人）亲爱的公爵夫人，公爵情况好吗？我怕他头脑还脆弱呢。这也是没有办法的事，是不是？我看他的父亲就是如此。种族遗传代代如此，对吧？

车维莱太太（摇摇扇子。）我们以前当真见过面吗，齐腾夫人？我可记不得在什么地方。我离开英国已经这么久了。

齐腾夫人 我们在中学时代还是同学呢，车维莱太太。

车维莱太太（自高自大地）是吗？我对学生时代的事全忘记了。我模糊的印象却是一塌糊涂。

齐腾夫人（冷冷地）这当然不足为奇。

车维莱太太　（用她最亲热的态度）你知道吗，我正准备会见你聪明的丈夫呢，齐腾夫人？自从他到外交部后，他在维也纳就引起了纷纷议论。他们总算在报纸上会拼写他的名字了。在欧洲大陆，这就等于出名了。

齐腾夫人　我很难想象你和我的丈夫之间会有什么共同之点。（走开。）

南也克伯爵　啊，亲爱的夫人，多么意外！自从柏林见面之后，我就没有再见到你了。

车维莱太太　不是柏林之后，伯爵，而是五年之前。

南也克伯爵　你却更年轻了，而且比以前更漂亮。你有什么美容的秘诀妙计？

车维莱太太　我的不二法门就是只和你这样漂亮完美的人物交谈。

南也克伯爵　啊！你把我捧得太高了。你在加油加酱，这是当地的说法。

车维莱太太　这是当地的说法么？那就太可怕了！

南也克伯爵　对的，他们的确妙语如珠。这种妙语应该有广阔的天地。

（罗伯特·齐腾爵士上。四十岁的男子看起来却很年轻，胡子刮得精光，五官端正，黑头发，黑眼睛，性格特出，不人云亦云——很少人能做到，但拜倒的人却五体投地。他风度翩翩，略有傲气，意识到生活的成就。神情紧张，稍有倦容。嘴唇和下巴轮廓鲜明，和眼睛的浪漫表情形成对比。由于意志坚强，七情六欲和理智显然分道扬镳。鼻孔神经紧张，双手瘦削，面孔不能入画，不能入众议院，但画家可能喜欢画他的面目。）

罗伯特·齐腾爵士　晚上好，马克比夫人。我希望你是和约翰爵士一同来的。

马克比夫人　啊！和我同来的人比约翰爵士要可爱得多。约翰爵士自从认真从政以来，已经变得不可容忍了。的确，下议院现在正在变得越来越有用，他做的坏事却越来越多了。

罗伯特·齐腾爵士　我希望不是这样，马克比夫人。

无论如何，我们要尽力浪费公众的时间，是不是？但是你这样客气地带来的这一位迷人的客人是谁呀？

马克比夫人　她的大名就是车维莱太太。我以为她是多色郡的车维莱大家族，但是，我的确不知道是不是。今天的家族搞得这样混乱，的确。一般说来，每一个人都变成另外一个人了。

罗伯特·齐腾爵士　车维莱太太？我似乎知道这个名字。

马克比夫人　她刚从维也纳来。

罗伯特·齐腾爵士　啊！对了，我想我知道你说的是谁。

马克比夫人　她在那里什么地方都去，并且谈到她朋友们的新鲜丑闻。我的确要在冬天到维也纳去。我希望大使馆会有一个好领导。

罗伯特·齐腾爵士　如果没有好领导，大使就一定要召回了。请你指出车维莱太太是哪一位，我倒很想见见她。

马克比夫人　让我来介绍吧。（对车维莱太太）我亲爱的，罗伯特·齐腾爵士死活都要见你一面呢！

罗伯特·齐腾爵士　（鞠躬。）没有一个男人不是宁死也要见光辉灿烂的车维莱太太一面的。我们驻维也纳的参赞来信，简直不谈别的事了。

车维莱太太　谢谢，罗伯特爵士。一个熟人开始说恭维话，那一定是要发展新的友谊了。这开始得合理合法。其实，我早就知道齐腾夫人了。

罗伯特·齐腾爵士　真的吗？

车维莱太太　真的。她刚提醒我说，我们是一个学校的同学呢。我现在完全记起来了，她常常得到品行端正的奖品。我清楚明白地记得：她常常得到品行端正的奖品！

罗伯特·齐腾爵士　（微笑。）你得的是什么奖品呢，车维莱太太？

车维莱太太　我在生活中得到的奖品要晚一些。我不记得我得过品行端正的奖品。我全忘了。

罗伯特·齐腾爵士 我敢肯定，你得的奖更加迷人。

车维莱太太 我不知道女人会因为迷人而得到奖品，我以为她们经常因为迷人而受到惩罚。当然啰，今天越来越多的女人因为受到她们信徒的崇拜而变得越来越老，而不是为了其他原因！至少，这是我能解释为什么你们大多数伦敦的漂亮女人都变得越来越憔悴可怕的原因。

罗伯特·齐腾爵士 这听起来是多么可怕的哲学啊！车维莱太太，要把你们女人分门别类，这是多么轻举妄动的行为啊！不过，我要说一句心里话，问问你到底是乐观主义者还是悲观主义者？这看起来似乎是我们今天剩下来的唯一时髦的宗教问题了。

车维莱太太 我可两样都不是。乐观主义者开始满脸微笑，悲观主义者结果却戴上了没精打采的眼镜。再说，他们两派都是装模作样的。

罗伯特·齐腾爵士　那你情愿顺其自然吗？

车维莱太太　有时只好如此。但是这种姿态很难维持长久。

罗伯特·齐腾爵士　现在非常流行的心理学派小说家对这套理论又有什么看法呢？

车维莱太太　啊！女人力量的来源是：事实上，心理学家无法分析我们。男人是可以分析的，女人——却只可以崇拜。

罗伯特·齐腾爵士　你认为科学不能抓住女人的问题。

车维莱太太　科学永远不能抓住不合情理的事。所以在今天这个世界上，科学是没有前途的。

罗伯特·齐腾爵士　而女人是不合情理的代表？

车维莱太太　喜欢打扮的女人是的。

罗伯特·齐腾爵士　（彬彬有礼地鞠了一躬。）在这一点上，我怕不能同意你的高见。请你坐下。现在，请你告诉我你为什么离开了你光辉灿烂的维也纳，到我们这阴云密布的伦敦来？——我这样问，是不是问得文不对题了？

车维莱太太　问题永远不会文不对题，倒是答案有时会答非所问。

罗伯特·齐腾爵士　那好，不过说来说去，我要问问：你谈的是政治呢，还是兴趣呢？

车维莱太太　政治是我唯一的兴趣。你看，今天要在四十岁以前打情骂俏，或者到了四十五岁才浪漫一番，那会显得不合时宜。只有谈谈政治或者做做慈善事业，才是对我们开放的事情。而在我看来，慈善事业似乎是在嘲笑同胞们都不面慈心善似的，所以我就只好搞政治了，我觉得政治更——合适。

罗伯特·齐腾爵士　政治生活是高尚的事业。

车维莱太太　有时候是的。有时候是一种聪明的游戏，罗伯特爵士。而有时候只是自找麻烦。

罗伯特·齐腾爵士　你认为是哪一种呢？

车维莱太太　是三种混为一体。（扇子落地。）

罗伯特·齐腾爵士　（捡起扇子。）让我来吧。

车维莱太太　谢谢。

罗伯特·齐腾爵士　不过，你还没有告诉我：什么事情使你忽然喜欢起我们伦敦来了？我们美好的季节几乎过完了啊。

车维莱太太　啊！我不在乎伦敦的好季节！他们太关心婚姻了。女人不是忙于找个丈夫，就是把自己藏起来，不让丈夫发现。我要见你，这是事实。你知道女人有什么好奇心，几乎和男人一样！我非常想见到你，还要——请你给我帮个忙。

罗伯特·齐腾爵士　我希望这不是一件小事，车维莱太太。我发现这些小事很难做到。

车维莱太太　（考虑了一下。）不行。我看这并不是一件小事。

罗伯特·齐腾爵士　我很高兴。请告诉我是什么事。

车维莱太太　等一等再说吧。（站起。）现在，我可以参观一下你美丽的家吗？听说你有很多名画，可怜的亚亨男爵——你还记得这位男爵吗？——他常对我说你有一些卡罗的名画。

罗伯特·齐腾爵士　（难以发现地吃了一惊。）你和亚亨男爵很熟吗？

车维莱太太　（微笑。）非常熟悉。你呢？

罗伯特·齐腾爵士　一度很熟。

车维莱太太　他是一个奇人，是不是?

罗伯特·齐腾爵士　（考虑了一下。）他很引人注目，在很多方面。

车维莱太太　我时常感到可惜：他没有写一本回忆录。那会是非常引人入胜的。

罗伯特·齐腾爵士　他了解的城市和人物很多，就像古代的希腊人一样。

车维莱太太　但是，他并没有这个可怕的不利条件：没有一个忠实的妻子在家里等他回来。

马　　逊　戈琳勋爵到。

（戈琳勋爵上。已经三十四岁，却常说自己更加年轻。受了良好教育，脸部却无表情。非常聪明，但是并不外露。一个没有缺点的花花公子，他却不高兴人家说他浪漫成性。他在生活中游戏三昧，却和社会相处如鱼得水。他喜欢被人误解，那可以使他处在有利的地位。）

罗伯特·齐腾爵士　晚上好，我亲爱的亚瑟。车维莱太太，请允许我给你介绍戈琳勋爵，全伦敦最懒惰的名人。

车维莱太太　我以前见到过戈琳勋爵。

戈 琳 勋 爵　（鞠躬。）我想不到你还会记得我，车维莱太太。

车维莱太太　我的记忆力能随心所欲，得到异口同声的赞扬。你还是独身主义者吗？

戈 琳 勋 爵　我看……还是。

车维莱太太　啊，多么浪漫！

戈 琳 勋 爵　我并不是浪漫，我的年龄还不够呢，浪漫是我长辈的事。

罗伯特・齐腾爵士　戈琳勋爵是布德俱乐部的结晶，车维莱太太。

车维莱太太　他反映了这个学会的精华。

戈 琳 勋 爵　请问你在伦敦待的时间长吗？

车维莱太太　那一要看天气，二要看吃得怎么样，三就要看罗伯特爵士了。

罗伯特・齐腾爵士　你不会把我们带进一场欧洲的战争吧？那简直是求之不得的了。

车维莱太太　没有这个危险，至少在目前！

（她对戈琳勋爵点点头，眼睛里显得很

开心的神气，并且同罗伯特·齐腾爵士走了出去。戈琳勋爵漫步走到玛贝尔·齐腾小姐身边。）

玛贝尔·齐腾　你来晚了！

戈琳勋爵　你想我吗？

玛贝尔·齐腾　很想你呢！

戈琳勋爵　那真对不起，我在外并没有待多久呀。不过，我喜欢有人想念我。

玛贝尔·齐腾　你多么自私！

戈琳勋爵　我的确自私。

玛贝尔·齐腾　你老是对我说你自己的坏话，戈琳勋爵。

戈琳勋爵　我对你说的还不到一半呢，玛贝尔小姐。

玛贝尔·齐腾　另外一半还更坏吗？

戈琳勋爵　非常可怕！我在夜里一想到，立刻就去睡觉。

玛贝尔·齐腾　那好。我喜欢听你说自己的坏话。我真舍不得你抛弃你的弱点。

戈琳勋爵　那你真好！你一直是这样好的。不过，我要问你一个问题，玛贝尔小姐。谁把车维莱太太带到这里来的？这个女人总是在光天化日之下——她刚刚同你哥哥走出去了。

玛贝尔·齐腾　啊，我想是马克比夫人带她来的。你为什么要问这个问题？

戈琳勋爵　我有几年不见她了，所以才问一问。

玛贝尔·齐腾　这不成其为理由！

戈琳勋爵　所有的理由都是不成其为理由的。

玛贝尔·齐腾　她是个怎么样的女人？

戈琳勋爵　啊！她在大白天是一个天才，在夜里是一个美人。

玛贝尔·齐腾　我已经讨厌她了。

戈琳勋爵　这说明你的欣赏趣味很高。

南也克伯爵　（走了过来。）啊，英国女人真是有趣味的人中凤凰，是不是？的确是有趣味的人中凤凰。

戈琳勋爵　报上总是这样说的。

南也克伯爵　我读了所有的英国报纸。我发现报纸非常有趣。

戈琳勋爵　那么，亲爱的南也克伯爵，你一定是读出了字里行间的意义。

南也克伯爵　我倒想能读懂，但是我的老师反对。（对玛贝尔·齐腾）我可以陪你去音乐厅吗，小姐？

玛贝尔·齐腾　（看起来非常失望。）我很高兴，伯爵，十分高兴。（转向戈琳勋爵。）你不去音乐厅吗？

戈琳勋爵　只要演奏音乐，我就不去，玛贝尔小姐。

玛贝尔·齐腾　是德国音乐，你听不懂。

（同南也克伯爵下。卡维汉勋爵走向他的儿子。）

卡维汉勋爵　好了，爵士！你在这里干什么？像平常一样浪费你的生命！你还是应该躺在床上，爵士。你总是睡得很晚！听说你昨夜在拉富德夫人舞会上一直跳到清晨四点钟！

戈琳勋爵　只跳到四点差一刻，父亲。

卡维汉勋爵　真不知道你怎么在伦敦社会上站住脚的。简直像是一群疯狗，一伙该死的乱七八糟的人，谈些乱七八糟的话。

戈琳勋爵　我喜欢谈无中生有的话，父亲。我所知道的事，没有一件不是无中生有的。

卡维汉勋爵　在我看来，你整个生活似乎就是为了寻欢作乐。

戈琳勋爵　难道生活还有其他目的吗，父亲？没有什么比欢乐更容易衰老的了。

卡维汉勋爵　你真没有好心，爵士，你的确没有好心。

戈琳勋爵　我希望不是这样，父亲。你晚上好，巴西顿夫人！

巴西顿夫人　（凸出两条美丽的眉毛。）你也来了？我没听说你参加过政治集会呀。

戈琳勋爵　我喜欢政治集会。这是人们剩下来的唯一不谈政治的集会了。

巴西顿夫人　我喜欢谈政治，我可以整天谈政治。但是我不喜欢听人家谈政治。我真不知道议院里的那些倒霉议员怎么能忍受那么漫长的议论。

戈琳勋爵　他们从来不听。

巴西顿夫人　当真？

戈琳勋爵　（态度最为严肃认真。）当然。你看，要听是一件非常危险的事情。如果你听了，你就可能会相信；而一个相信别人的议论并且被说服的人，是一个彻头彻尾没有理性的人。

巴西顿夫人　啊！这就说明了我为什么这样不懂男人的缘故，也说明了许多丈夫为什么不欣赏妻子的理由。

马其孟太太　（叹一口气。）我们的丈夫从来不欣赏我们所做的任何事，所以，我们总得找别人来欣赏。

巴西顿夫人　（强调）对，总得找别人，不是么？

戈琳勋爵　（微笑。）而这却是伦敦两个最信任丈夫的夫人的看法。

马其孟太太　这正是我们不能容忍的。我的里金诺令人失望地毫无缺点，他这样的确令人不能容忍，至少有时是这样。大家知道他简直没有一点激动。

戈琳勋爵　多可怕！的确。这种事应该让大家知道！

巴西顿夫人　巴西顿也一样坏；他待在家里仿佛他还

是个单身汉。

马其孟太太　（压住巴西顿夫人的手。）我可怜的奥莉薇！和我们结婚的是完美的丈夫，我们现在可受到惩罚了。

戈琳勋爵　我认为受到惩罚的却是丈夫。

马其孟太太　（从椅子中站起来。）啊，亲爱的，不对！他们说多快活，就有多快活！至于对我们的信任，你要知道了他们的信任，那简直是个悲剧。

巴西顿夫人　完全是个悲剧！

戈琳勋爵　或者是个喜剧，巴西顿夫人？

巴西顿夫人　肯定不是喜剧，戈琳勋爵。你怎么这样不客气提出了这样的想法！

马其孟太太　我怕戈琳勋爵和平常一样，是站在对立面说话的。我看见他进来的时候正和那位车维莱太太谈得来呢。

戈琳勋爵　车维莱太太，一个漂亮女人！

巴西顿夫人　（生硬地）请不要在我们面前赞美别的女人。你可以把好话留给我们说吧！

戈琳勋爵　我留过了。

马其孟太太　那好，我们就用不着说什么好话了。我听说她星期一晚上在歌剧院和汤姆·特拉法吃晚餐时说：就她所看见的，伦敦的社交活动一塌糊涂，都是些游手好闲、奇装异服的男男女女。

戈琳勋爵　她说对了。男的游手好闲，女的奇装异服，难道不对吗？

马其孟太太　（停了一下。）啊！你当真以为这是车维莱太太要说的吗？

戈琳勋爵　当然是的。即使对车维莱太太来说，也说得很动听啊。

（玛贝尔·齐腾上，加入谈话。）

玛贝尔·齐腾　你们怎么一直在谈车维莱太太？每个人都谈车维莱太太！戈琳勋爵说——你怎么说车维莱太太的，戈琳勋爵？啊！我记起来了，你说她白天是个天才，夜里是个美人。

巴西顿夫人　多么可怕的组合！怎么这样不自然！

马其孟太太　（沉入如梦似幻的境地。）我喜欢看见天才，听见美人谈话！

戈琳勋爵　啊，你怎么陷入病态了，马其孟太太！

马其孟太太　（高兴得满脸生辉。）我真高兴听见你这样说。马其孟和我结婚七年了，他却从来没有和我说过我有病态。男人不会观察，说来叫人害怕。

巴西顿夫人　（转身对她说。）我却经常说，亲爱的玛嘉莉，你是伦敦的病态人。

马其孟太太　啊，你一直是有同情心的，奥莉薇！

玛贝尔·齐腾　难道想吃东西也是病态？我现在就想吃东西了，戈琳勋爵，你能同我去吃晚餐么？

戈琳勋爵　非常高兴，玛贝尔小姐。（和她同走出去。）

玛贝尔·齐腾　你多么可怕！整个晚上没有和我说话。

戈琳勋爵　怎么可能？是你同那年幼无知的外交官出去了。

玛贝尔·齐腾　你可以跟我们一起走哇。跟随不过是礼貌而已。我觉得今天晚上你一点也不讨人喜欢。

戈琳勋爵　我却非常喜欢你呀。

玛贝尔·齐腾　那好，我希望你表现得更明显些。

（他们下楼。）

马其孟太太　奥莉薇，我有一种奇怪的感觉，觉得的确要晕倒了。我觉得非吃晚餐不可，我知道我想吃晚餐。

巴西顿夫人　我要吃晚餐。简直急得要死了，玛嘉莉！

马其孟太太　男人真是自私得可怕，他们从来不会想到这些事情。

巴西顿夫人　他们是粗心大意的物质主义者，粗心大意的物质主义者！

（南也克伯爵同几个客人走出音乐厅，仔细地看了看在场的客人，走到巴西顿夫人身边。）

南也克伯爵　我可以请你去吃晚餐吗，伯爵夫人？

巴西顿夫人　（冷冷地）我不吃晚餐，谢谢你，伯爵。（南也克伯爵正要走开，巴西顿夫人一见，立刻站了起来挽住他的胳臂。）不过，我很高兴同你下去。

南也克伯爵　我是这样喜欢吃东西。我非常喜欢英国的各种口味。

巴西顿夫人　你看起来很有英国味，很有英国味。

（他们走出去。芒沃德先生，一个讲究穿着的花花公子，走到马其孟太太身边。）

芒　沃　德　用晚餐吗，马其孟太太？

马其孟太太　（懒懒地）谢谢，芒沃德先生。我不用晚餐。（赶快站起挽住他的胳膊。）不过，我愿意陪你坐坐，看你晚餐。

芒　沃　德　我不喜欢吃晚餐有人看着。

马其孟太太　那我可以看看别人。

芒　沃　德　我也不太喜欢看别人。

马其孟太太　（认真地）芒沃德先生，请你不要在大庭广众之中露出妒忌的样子。

（他们和其他客人一同下楼，碰到罗伯特·齐腾爵士和车维莱太太进来。）

罗伯特·齐腾爵士　你离开英国前，要不要看看我们的乡村别墅，车维莱太太？

车维莱太太　不看！我受不了你们英国的晚会。你们的早餐的确灿烂辉煌，这太可怕了！只有傻瓜才讲究早餐。你们家庭晚餐也要祈祷。我在英国的确就只有靠你了，罗伯特爵士。（*坐沙发上。*）

罗伯特·齐腾爵士　（*在她身旁就座。*）当真？

车维莱太太　十分认真。我要和你谈一个政治财政大计划，实际上是关于阿根廷运河公司的问题。

罗伯特·齐腾爵士　要你来谈，那是一个多么讨厌的题目，车维莱太太！

车维莱太太　啊，我喜欢讨厌的实际问题。我不喜欢的只是实际上讨厌的人。这中间有很大的差别。再说，我知道，你对国际运河计划是很感兴趣的。当政府购买苏伊士运河股票的时候，你那时是拉德莱勋爵的秘书，是不是？

罗伯特·齐腾爵士　是的。不过，苏伊士运河是一件十分光辉伟大的事业，它使我们有一条直接通往印度的道路。它对帝国很有价值。我们必须控制这条道路。而这个阿根廷计划却不过是个普通的股票交易设下的骗局而已。

车维莱太太　是一次投机，罗伯特爵士！一次漂亮而大胆的投机。

罗伯特·齐腾爵士　相信我，车维莱太太，这是一个骗局。让我们实事求是地恢复事物的本来名称吧。那会使事情更简单化的。我去外交部打听过消息，事实上我派了一个专门委员会私下去了解情况，得到他们的报告说：工作还没有开始进行呢，至于已经募集的款项，似乎没有人知道怎么样了。整个事情可能就是第二个巴拿马事件，没有四分之一成功的可能。我希望你没有在这件事上投资。我敢肯定，你这样聪明的人不会干这样的傻事。

车维莱太太　我投下了大量的资金。

罗伯特·齐腾爵士　谁会建议你去做这种傻事呢？

车维莱太太　你的老朋友——也是我的。

罗伯特·齐腾爵士　谁呀？

车维莱太太　亚亨男爵。

罗伯特·齐腾爵士　（皱起眉头。）啊，对的，我记起来了，在他临死的时候，我听他说过，他参加了这回事。

车维莱太太　这是他最后干的一件浪漫事了，说正确点，是倒数第二件。

罗伯特·齐腾爵士　（站起。）你还没有见到我的朋友卡罗特呢，他们都在音乐厅里，似乎沉醉在音乐中了，是不是？要不要我同你去见他们？

车维莱太太　（摇摇头。）我今晚不想见到乐器的银光。也不想看到粉红的黎明。我只想谈谈生意。（用扇子示意要他在身旁坐下。）

罗伯特·齐腾爵士　我怕我不能给你什么忠告了，车维莱太太。只能劝你不要接近危险的事情。运河事件的成败当然要看英国的态度，我明天晚上就要把专门委员会的报告交到议院去了。

车维莱太太　你不能这样做。为了你自己的利益，罗伯特爵士，更不要说为了我的利益了。你决不能做这件事。

罗伯特·齐腾爵士　（惊讶地瞧着她。）为了我自己的利益？我亲爱的车维莱太太，你这是什么意思？（在她身旁坐下。）

车维莱太太　罗伯特爵士，和你说老实话，我要你撤回你打算上交议院的报告，是因为你有理由相信你的专门委员会不是有偏见就是得到了错误的消息，或是其他。我要你说几句话请政府重新考虑这个问题，你有理由相信这条运河如果完成的话，一定会有巨大的国际价值。你知道部长们对这类事会怎样说。说几句普通话就够了。在现代生活中，没有什么比平淡无奇的语言更能产生重大的效果。它能使全世界亲如家人。你能帮我这点忙吗？

罗伯特·齐腾爵士　车维莱太太，你不可能认真对我提出一个这样的要求！

车维莱太太　我是十分认真的。

罗伯特·齐腾爵士　（冷冷地）请你让我相信你不是认真说的。

车维莱太太　（认真考虑之后强调说。）啊！但我是认真说的。如果你按照我请求的去做，我会……给你非常丰富的报酬！

罗伯特·齐腾爵士　给我！

车维莱太太　是的。

罗伯特·齐腾爵士　我怕我不十分明白你的意思。

车维莱太太　（背靠沙发，眼瞧着他。）多么令人失望！我从维也纳一路赶来，目的就是要让你彻底了解我。

罗伯特·齐腾爵士　我怕我不了解。

车维莱太太　（用她满不在乎的态度）我亲爱的罗伯特爵士，你是世界上的重要人物，你有你的身价。我想，今天每个人都有他的身价。不利条件是许多人身价高得吓人。我知道我自己就是一个。我希望你的要求更加合理。

罗伯特·齐腾爵士　（气愤地站起来。）如果你不见怪，我要请你的马车送你回府了。你在国外生活了这么久，车维莱太太，你似乎不知道你是在和一个英国上等人谈话。

车维莱太太　（用扇子碰碰他的胳臂，要他别动，说话时扇子一直留在原处。）我知道我在和什么人谈话，这位大人物发财的基金就是把一个内阁的机密泄露给一个投机的股票交易所。

罗伯特·齐腾爵士　（咬咬嘴唇。）你这是什么意思？

车维莱太太　（站起来面对他。）我的意思是我知道你财富和你事业的来龙去脉，并且我还有你的信件做证。

罗伯特·齐腾爵士　什么信？

车维莱太太　（轻视地）就是你作为拉德莱勋爵的秘书写给亚亨男爵的信，要男爵去买苏伊士运河股票的信——信是政府宣布购买苏伊士运河前三天发出的。

罗伯特·齐腾爵士　这不对。

车维莱太太　你以为这封信烧了。多糊涂！这信在我手里呢。

罗伯特·齐腾爵士　你提到的那件事不过是个投机的问题。下议院还没有通过议案呢，也可能已经被否决了。

车维莱太太　那只是一个骗局，罗伯特爵士。让我们实事求是地说吧。那会使事情简单化一点。现在我要把那封信卖给你，我要你付出的代价就是公众对阿根廷计划的支持。你从一条运河中发了财，你一定要帮我和我的朋友们从另一条运河上发财！

罗伯特·齐腾爵士　这是见不得人的事，你提出来的——是见不得人的事！

车维莱太太　啊，不对！这是拿生命来赌博的游戏。罗伯特爵士，我们大家早晚都得赌一次的。

罗伯特·齐腾爵士　我不能答应你的要求。

车维莱太太　你的意思是说你帮不了这个忙。你要知道，你现在是站在悬崖的边上了。你并没有提出条件的自由权，只有接受条件的自由。假如你拒绝的话——

罗伯特·齐腾爵士　那会怎么样？

车维莱太太　我亲爱的齐腾爵士，那会怎么样？那你就完蛋了。你要记住你们英国的清教徒主义把你们带到什么地步了。从前没有人相信自己比自己的邻居好多少。的确，自高自大被当作非常俗气，富有中产阶级色彩。到了今天，我们的现代人犯了道德病，每个人都自以为是清教徒的典型，毫无缺点，没有受到七大罪恶的感染——而结果呢？你们都像九柱戏一样一根一根倒下去了，英国没有一年没有人倒台的。谣言总有魅力，至少也会引起人的兴趣，而现在更会使人垮台。关于你的谣言更是厉害。你休想轻易脱身，死里逃生。如果人家发现你在年轻的时候，那时还只是一个重要大臣的小小秘书，你就偷偷出卖了一个不小的机密，却得到了为数不少的一笔金钱，这就是你事业和财富的根源，你能够不被猎狗嗅出味来，从此被赶出公共生活吗？因此，罗伯特爵士，为什么要牺牲你整个的未来，而不和你的对手做一次外交谈判呢？目前，我是你的对头，这我承认，但是我比你强得多。大兵团在我这一边，你处在一个很光辉的地位，但是正是你的地位使你容易受到攻击。你守不住，我却能攻。虽然我没有和你谈到道德问题。我得承认我不公平。几年前你做了聪明事，结果成功了。你名利双收。现在，你要付出代价了。早晚我们总是要付出的。你现在就要付了。以前我让你等到今天，你得答应我压下你的报告，在下议院支持我的计划。

罗伯特·齐腾爵士　你要求的是不可能的事。

车维莱太太　你要使它成为可能。你会使它成为可能的，罗伯特爵士，你知道你们英国报纸是怎么样的。如果我驾车离开这个家到一个新闻办公室去，把这个消息和证据都交给他们！你想象他们会高兴得多么令人厌恶，他们把你打倒之后会多么兴高采烈，会把多少污泥浊水都倒在你头上。想象他们会如何假装正派，露出一张油光酒色的脸孔，在他们的头版头条新闻中登出你们的丑闻。加油加酱引起公众的注意和关心。你想想看！

罗伯特·齐腾爵士　住口！你要我收回我的报告，并且发表一个简短的讲话，说我相信计划还有改变的余地？

车维莱太太　（坐沙发上。）这就是我的条件。

罗伯特·齐腾爵士　（低声）你要多少钱？我都可以给你。

车维莱太太　可惜你还没有那么多钱可以买回你的过去，罗伯特爵士。谁也没有那么多钱。

罗伯特·齐腾爵士　我不能做你要求的事，我不能做。

车维莱太太　你一定得做。如果你不——（从沙发上站起来。）

罗伯特·齐腾爵士　（不知如何是好，最后恢复过来。）等一等！你刚才说什么？你说可以把信还给我，是不是？

车维莱太太　是的。这说好了。我明天晚上十一点半钟会在女士休息室等你。如果到了那时——你有一大堆机会——你在下议院提出了我所需要的条件，我会把你的信还给你，并且表示衷心的，至少是我认为适当的谢意，做事总得公平。——尤其是手里有了十拿九稳的赢牌，这是男爵告诉我的——当然还有别的。

罗伯特·齐腾爵士　你得给我时间考虑你的建议。

车维莱太太　不行，现在就得决定！

罗伯特·齐腾爵士　给我一个星期——至少三天！

车维莱太太　不行！我今晚就得给维也纳回电报。

罗伯特·齐腾爵士　天呀！怎么让你进入了我的生活？

车维莱太太　客观条件。（走向门口。）

罗伯特·齐腾爵士　不要走。我同意了。报告就会撤回。我会安排关于这一方面对我提出的问题。

车维莱太太　谢谢。我知道我们会有友好协商的结果的。我从一开始就了解你的性格。我分析过你，虽然你并不了解我。现在，你可以给我备车了，罗伯特爵士。我看有人吃了晚餐进来了，而英国人吃了晚餐总有浪漫的话要说，而这却会叫我听得头痛。（罗伯特·齐腾爵士下。）

（齐腾夫人、马克比夫人、卡维汉勋

爵、马其孟太太、南也克伯爵、芒沃德先生上。)

马克比夫人　好哇，亲爱的车维莱太太，我希望你过得很快活。罗伯特爵士很讨人喜欢，是不是?

车维莱太太　很讨人喜欢！我和他谈得非常好。

马克比夫人　他是个非常有趣，并且有光辉历程的人。他还有一位非常令人羡慕的夫人。齐腾夫人是一位有高度原则的、可以作为典范的女性，我非常高兴谈到这点。我自己现在是有一点太老了，不想把自己当作一个榜样，不过我还是羡慕那些能成为榜样的人。而齐腾夫人在生活上能起到高贵的作用，虽然她的晚餐会有时非常没有趣味。不过，一个人也不能要求事事完美，这可能吗? 现在，我得走了，亲爱的。我明天能来拜访你吗?

车维莱太太　谢谢。

马克比夫人　我们可以在五点钟驾车游园，现在园子里什么看起来都很新鲜!

车维莱太太　只有人不新鲜。

马克比夫人　也许看起来叫人厌烦。我经常注意到季节会使人的脑子软化。无论如何，我总觉得什么都不如脑子的高度压力大。这是世上最不合适的东西，它使少女的鼻孔显得特别大。谁能把一个大鼻孔的女儿嫁出去呢？没有男人会喜欢大鼻子。再见了，亲爱的！（对齐腾夫人）再见，洁露德！（挽着卡维汉勋爵的胳臂下。）

车维莱太太　你的房子多么迷人啊，齐腾夫人！我在这里过了一个非常迷人的晚上。认识了你的丈夫，这是多么有趣的事情。

齐腾夫人　你为什么要见我的丈夫呢，车维莱太太？

车维莱太太　啊，我来告诉你。我要他对阿根廷的运河计划感兴趣，我敢说你对这事也是知情的。我发现他对事情非常敏感——我的意思是说，合理的敏感。这在男人是很难得的。但是，我在十分钟内就转变了他的思想。他明天晚上要在下议院发表演说，我们明天一定得去女宾室听他讲！这是一件大事！

齐腾夫人　那一定是出了什么错误。这个计划不可能得到我丈夫的支持。

车维莱太太　啊，我敢肯定这个问题已经解决了。我不后悔从维也纳这样远的地方到这里来。这是一次巨大的胜利。不过，当然，在整个二十四小时之内，这整个事情还是一个死也不能开口的秘密。

齐腾夫人　（温和地）一个秘密？谁的秘密？

车维莱太太　（眼睛里闪出快活的眼神。）在你丈夫和我之间的秘密。

罗伯特·齐腾爵士　（走了进来。）你的马车来了，车维莱太太！

车维莱太太　谢谢！祝你晚安，齐腾夫人！祝晚上好，戈琳勋爵！我要到卡里基家去了，你们是不是也送张名片去？

戈琳勋爵　如果你愿意，就送一张吧，车维莱太太。

车维莱太太　啊，不要太认真。否则，我也要在你家留名片了。在英国，这也许不合规矩。在外国，这是很礼貌的。外国客气。你送我出去吗，罗伯特爵士？现在我们心里一致，我们就是好朋友了，至少我希望如此！

（挽着罗伯特·齐腾爵士的胳臂下。齐腾夫人走到楼梯最高处，看着他们下楼。她的表情显得心烦意乱。稍后，她同客人走进另外一间接待室。）

玛贝尔·齐腾　一个多么可怕的女人！

戈琳勋爵　你该去睡了，玛贝尔小姐。

玛贝尔·齐腾　戈琳勋爵！

戈琳勋爵　父亲早在一个小时以前就对我这样说过了。我不怀疑为什么我不应该给你同样的劝告。我总是把忠告转交给别人的。这是对待劝告的唯一好办法。劝告对自己从来没有什么好作用。

玛贝尔·齐腾　戈琳勋爵，你总是要我走开。我看你也太粗心大意了。尤其是我已经几个小时不想走开了。（走到沙发前。）你可以过来想坐就坐，随便谈论世界上的什么事情，只要不谈皇家学会，不谈车维莱太太或者司各特的方言小说。这些都不是会引人入胜的题目。（一眼看到沙发椅垫下半压着的东西。）这是什么？是谁把钻石胸针落在这儿啦！真漂亮，你看呢？（拿给他看。）这要是我的就好了，但是洁露德只许我戴珍珠，而我对珍珠已经彻底腻味了，它叫人看起来平淡无奇，虽然品格很好，而且显得聪明。奇怪，这钻石是谁的？

戈琳勋爵　是谁忘了带走的？

玛贝尔·齐腾　是很美的胸针。

戈琳勋爵　可以用来戴在手腕上。（从她手里拿了过来，然后拿出了一个绿信封，又把首饰小心地放进信封，再非常冷静地放到胸前口袋里去。）

玛贝尔·齐腾　你在干什么？

戈琳勋爵　玛贝尔小姐，我要向你提出一个比较稀奇的问题。

玛贝尔·齐腾　啊，那就请你问吧！我怕整个晚上都在等这个问题呢。

戈琳勋爵 （姿态有点后退，但是立刻就恢复过来。）不要告诉任何人我拿了这个首饰。如果有人来问来要，那就要立刻告诉我。

玛贝尔·齐腾 你这个要求也很奇怪。

戈琳勋爵 你知道我曾把这个首饰送人，那是十几年前的事了。

玛贝尔·齐腾 送人了吗？

戈琳勋爵 是的。

（齐腾夫人独上。其他客人已下。）

玛贝尔·齐腾 那我得祝你们晚安了。再见，洁露德。（下。）

齐腾夫人 再见，亲爱的。（对戈琳勋爵）你看见马克比夫人今天晚上把谁带来了吗？

戈琳勋爵 见到了。这是一个不愉快的意外。她到这里来干什么？

齐腾夫人 显然是要引诱罗伯特上钩，支持一个和她切身利益有关的计划。事实上，就是阿根廷运河计划。

戈琳勋爵 她误解了她要利用的人，是不是？

齐腾夫人　她不可能了解一个像我丈夫这样规规矩矩的人！

戈琳勋爵　对。我想如果她要设法使罗伯特陷入她的圈套，那她就要后悔莫及的。聪明的女人也会犯下多么可笑的错误，真是令人莫名其妙。

齐腾夫人　我不认为这种女人聪明。我说她们愚蠢。

戈琳勋爵　聪明反被聪明误，这是屡见不鲜的。再见，齐腾夫人。

齐腾夫人　再见！

（罗伯特·齐腾爵士上。）

罗伯特·齐腾爵士　我亲爱的亚瑟，你还没有走呀？那就再待一会儿吧！

戈琳勋爵　恐怕我不能再待下去了。我要到哈多克去，他们红得发紫的匈牙利乐队正在演红得发紫的匈牙利音乐呢。我很快就会来的。再见！（下。）

罗伯特·齐腾爵士　你今夜看起来多美啊，洁露德！

齐腾夫人　罗伯特，恐怕没有那么美吧，是不是？你今晚会不会支持那件阿根廷的投机事业？你不会吧！

罗伯特·齐腾爵士 （吃了一惊。）谁告诉你我要支持的？

齐腾夫人 就是刚走的那个女人，她现在自称是车维莱太太了。她现在正要把我当傻瓜耍呢，罗伯特，我知道这个女人。你并不了解她。我们在学校里是同学。她是一个不老实、不诚恳的女人，对每个信任她的人都起坏作用，都辜负别人的感情。我恨她，我瞧不起这种人。她偷别人的东西，她是个贼，因为做贼被赶走了。你为什么要让她来影响你呢？

罗伯特·齐腾爵士 洁露德，你说的也许是事实，但那都是几年前的往事了。最好把它忘掉！从那以后，车维莱太太可能已经改变。我们也不应该只根据一个人的过去来判断一个人呀。

齐腾夫人 （很难过）一个人的过去也是他现在的一部分。这是判断人的唯一方法。

罗伯特·齐腾爵士　这很难说，洁露德！

齐腾夫人　但这是老实话，罗伯特。否则，她吹嘘她得到了你名义上的支持。而我却亲耳听你说过：她这件事是政治生活中最卑鄙、最肮脏的勾当。这怎么可能呢？

罗伯特·齐腾爵士　（*咬咬嘴唇*。）我过去的看法有错误。我们大家都可能会犯错误的。

齐腾夫人　但是昨天你还告诉我：你刚得到专门委员会的报告，说这整个事件受到了批评谴责呢。

罗伯特·齐腾爵士　（*走来走去*。）我现在有理由相信专门委员会有偏见，或者至少可以说是得到了错误的情报。再说，洁露德，公共生活和私生活是两回事。两种生活有不同的规律，行动有不同的路线。

齐腾夫人　两种生活都应该代表一个人的最高品格。我看不出这两种品格有什么不同。

罗伯特·齐腾爵士　（*站住*。）在目前的情况下，从现实政治的观点看来，我改变了我的看法。事实就是如此。

齐腾夫人　就是如此！

罗伯特·齐腾爵士　（认真地）是的。

齐腾夫人　罗伯特！啊！真可怕，我居然要问你这样一个问题——罗伯特，你是不是告诉了我全部事实？

罗伯特·齐腾爵士　你怎么问我这样一个问题？

齐腾夫人　（停了一下。）你为什么不回答呢？

罗伯特·齐腾爵士　（坐下。）洁露德，事实是非常复杂的，政治也是非常复杂的问题。圈套中间又有圈套。一个人总有对别人不得不尽的义务，一个人早晚总得在政治生活中妥协。每个人都是如此。

齐腾夫人　妥协？罗伯特，你今晚谈话怎么与平常不同？你为什么变了？

罗伯特·齐腾爵士　我没有变，而是情况使事态改变了。

齐腾夫人　情况也不能改变原则。

罗伯特·齐腾爵士　不过，如果我告诉你——

齐腾夫人　告诉我什么？

罗伯特·齐腾爵士　那是有必要，有生死攸关的必要。

齐腾夫人　不可能有必要去做不光彩的事。如果那是必要的，我们过去为什么不做呢？所以那不是必要的，罗伯特，说那是不必要的。为什么必要呢？你能得到什么？金钱吗？我们并不缺钱。如果钱的来源并不光彩，那就更是堕落了。权力吗？权力本身并没有用，只有用权力去做好事才是对的——而且只能去做好事。什么好事呢？罗伯特，告诉我你为什么要做不光彩的事情！

罗伯特·齐腾爵士　洁露德，你不应该用这种字眼。我对你说了这是个理智上妥协的问题。不过如此而已。

齐腾夫人　罗伯特，别人可以这样说，没有问题，因为他们只把生活当作一种投机。但是你不能这样说，罗伯特，你不能这样说。你和别人不同。你整个一生都站在人群之外。你没有让这个世界污染你。对于整个世界，就像对你个人一样，你一直是一个理想人物。你还应该继续做个理想人物。不要抛弃这个丰富的遗产——不要摧毁了这个象牙塔。罗伯特，人可以喜欢价值不高的东西——甚至没有价值、受到污染、并不光彩的东西。我们女人崇拜我们爱上的人，如果我们不再崇拜，我们就会失掉一切。啊！不要让我失掉我对你的爱情，不要让我失掉一切。

罗伯特·齐腾爵士　洁露德！

齐腾夫人　我知道有些人在他们的生活中保留了一些可怕的秘密——有些人做过可耻的事情。到了紧急关头，就要付出代价，或者做出其他可耻的事来——啊，不要告诉我你也像他们一样！罗伯特，你这一生中有没有做过什么不光彩的或者丢人的事？告诉我，立刻告诉我吧——

罗伯特·齐腾爵士　告诉什么？

齐腾夫人　（说得很慢。）会使我们分开的事。

罗伯特·齐腾爵士　分开？

齐腾夫人　会使我们的生活完全分开。那会对我们两个人都更好。

罗伯特·齐腾爵士　洁露德，我过去的生活中没有什么事情是不能让你知道的。

齐腾夫人　这点我能肯定，罗伯特，我能肯定。但是你为什么不说出那些可怕的事情，那些不像你真正的自我会做出来的事情？让我们永远不要再谈这个问题了。你会写信，你会不会写信给车维莱太太，告诉她你不会支持她那个可耻的打算？如果你答应过她任何事情，那都不能算数。就是如此！

罗伯特·齐腾爵士　我一定要这样对她说吗？

齐腾夫人　当然啰，罗伯特！还有什么其他可说的呢？

罗伯特·齐腾爵士　我可以和她面谈，那会好些。

齐腾夫人　你决不能再见她了，罗伯特。她不是一个你能够和她再谈话的女人。她不配和一个像你这样的人谈话，不配！你一定要立刻给她写信，现在就写。写信对她说明：你的决定是不可更改的。

罗伯特·齐腾爵士　现在就写？

齐腾夫人　是的。

罗伯特·齐腾爵士　但是现在已经这样晚，快到半夜十二点了。

齐腾夫人　这没有关系。她一定要立刻知道她误解你了——你不是一个会做卑鄙下流、不光彩事情的人。就在这里写，罗伯特。说明你不支持她的诡计，你认为那是阴谋。对——写上阴谋诡计。她知道这是什么意思。（罗伯特·齐腾爵士坐下写信。夫人拿起信来就念。）这样可以。（按铃。）再写信封。（他慢慢写信封。马逊上。）立刻把信送去卡里基旅馆，不要回信。（马逊下。齐腾夫人跪下拥抱丈夫。）罗伯特，爱情能够恢复本能。我感到今夜救了你，免得你陷入危险，有损于你的荣誉。我看你还没有充分认识到这一点，罗伯特，你已经把我们时代的政治生活提高到了一个新范畴，有更自由、更纯洁的气氛，更高级的理想——我知道，因此我更爱你了，罗伯特。

罗伯特·齐腾爵士　啊，爱我吧，洁露德，要永远爱我——

齐腾夫人　我会永远爱你，因为你永远值得爱。我们要到达我们看得见的爱情顶峰。（吻他，起立，出外。）

（罗伯特·齐腾爵士走来走去，走了一会儿坐下，把头埋在手中。仆人上来熄灯。罗伯特·齐腾爵士抬头一看。）

罗伯特·齐腾爵士　熄灯吧。马逊，把光明熄灭吧！

（仆人熄灯。室内几乎黑暗，唯一光线来自楼梯口的大吊灯，吊灯照亮了壁画《爱的胜利》。）

（第一幕完）

第二幕

罗伯特·齐腾爵士家的起居室。戈琳勋爵盛装坐扶手椅上。罗伯特·齐腾爵士站壁炉前，显然激动不安。揭幕时他在室内走来走去。

戈琳勋爵　我亲爱的罗伯特，这是一件非常难办的事，的确非常难办。你早就应该把事情一五一十地告诉你的夫人。对别人的妻子保密，在当代的生活中已经是必不可少的奢侈品。至少，俱乐部里那些胆大妄为的人是这样对我说的。但是没有一个男人应该对自己的妻子保守秘密。结果她总是会发现的。女人对事情的了解有神奇的本能。她们什么都能发现，偏偏就是看不到最明显的问题。

罗伯特·齐腾爵士　亚瑟，我不能告诉我的妻子。我什么时候能告诉她呢？昨夜不能，那会使我们这一辈子都分手，会使我失掉我在这世界上唯一热爱的女人，唯一打动过我内心感情的女人。昨夜几乎出现了不可能的事，她要突然离开我，把我留在恐怖中——在恐怖中受折磨。

戈琳勋爵　齐腾夫人有这么完美么？

罗伯特·齐腾爵士　有，我妻子就是有这么完美。

戈琳勋爵　（脱下左手手套。）多么可惜，对不起，亲爱的老兄。我并不是真有那个意思。不过，如果你告诉我的话是真的，我倒要和齐腾夫人认真谈生活问题了。

罗伯特·齐腾爵士　那恐怕不会有什么用处。

戈 琳 勋 爵　我可以试试吗?

罗伯特·齐腾爵士　可以，但是不会改变她的观点。

戈 琳 勋 爵　那好，最坏也就不过是做一次心理测验罢了。

罗伯特·齐腾爵士　所有这种测验都有可怕的危险。

戈 琳 勋 爵　什么事都有危险，我亲爱的伙计。如果没有危险，生活就不值得过了。——好，我不得不告诉你，我认为你几年前就该告诉她。

罗伯特·齐腾爵士　什么时候?在我们订婚的时候吗?假如她知道了我财富的来源，知道了我事业的基础，是做了一件大家认为不光彩的可耻的事，那她还会和我结婚吗?

戈 琳 勋 爵　(慢慢地)对，绝大多数男人都会说这是一件丑事。这是没有问题的。

罗伯特·齐腾爵士　（痛苦地）但是男人没有一个不是自己也做这种丑事的。每一个男人在他的一生中都做过见不得人的事。

戈琳勋爵　所以他们高兴发现别人的错误，这就可以减少大家对他们错误的注意。

罗伯特·齐腾爵士　再说，我的错误害了谁呢？谁也没害。

戈琳勋爵　（一直瞪着他。）只害了你自己，罗伯特。

罗伯特·齐腾爵士　（停了一下。）自然，关于当时政府打算进行的某一笔交易，我有个人消息的来源，我就根据消息行事。私人的情报实际上是今天发大财的根源。

戈琳勋爵　（顿足，并用手杖顿地。）结果万变不离其宗，总是谣传纷起。

罗伯特·齐腾爵士　（在室内走来走去。）亚瑟，你认为十八年前的往事应该重提，来算我的旧账吗？你认为一个人一生的事业应该为了几乎是年幼无知时所犯的错误而一笔勾销吗？那时我才二十二岁，却有双重的不幸：既高贵又贫穷，这在今天看来，是两种不可原谅的错误混淆在一起了。难道一个人年轻时犯下的错误，今天的人会把这种错误说成是罪恶，难道这种错误或罪恶应该毁了我的一生，应该把我关进牢笼，使我的所作所为、使我尽心竭力为之奋斗终生的事业，一切都化为乌有吗？难道这是公平的吗，亚瑟？

戈琳勋爵　生活并不是公平的，罗伯特。也许对我们大多数人说来，不公平并不是一件坏事。

罗伯特·齐腾爵士　每一个有雄心壮志的人必须用他自己的武器和他的时代进行战斗。这个时代崇拜的是财富，这个时代的上帝是财神。一个人要成功一定要有财富，所以他不惜任何代价也要得到财富。

戈琳勋爵　你把你自己估计得太低了，罗伯特。相信我吧，没有财富，你也一样可以成功的。

罗伯特·齐腾爵士　等我老了，也许可以这样说。等到我对于权力已经没有欲望，或者说是已经不能用权了，等到我已经精疲力尽、疲惫不堪、灰心绝望了，那时成功又有什么用处呢？我要年轻时成功，年轻得志才正是时候。我不能等待。

戈琳勋爵　那好，你已经可以说是年轻得志了。在我们这个时代，谁还能够在四十岁就做到外交部副部长这样光辉灿烂的职位？而你已经做到了。

罗伯特·齐腾爵士　如果现在撤销了我这个职务呢？如果一个可怕的谣言使我失去了一切，使我成了大家跟踪追击的目标呢？

戈琳勋爵　罗伯特，你怎么可能为了金钱出卖自己呢？

罗伯特·齐腾爵士　（激动）我没有为金钱出卖自己，我只是花了巨大的代价才得到成功。不过如此而已。

戈琳勋爵　（严肃地）对，你当然花了很大的代价才取得成功。但是什么开始使你想到这样做的呢？

罗伯特·齐腾爵士　是亚亨男爵。

戈琳勋爵　该死的混蛋！

罗伯特·齐腾爵士　不对；他本来是一个最精明又细致的知识分子，一个有文化、有魅力、才华出众的人物，是我见过的最有智慧的人。

戈琳勋爵　啊！我任何时候都喜欢一个上等人一般的糊涂人。一般人想象不到糊涂人有多少值得称赞的地方。以我个人而论，我是非常羡慕糊涂人的。我以为那是一种同心同德的友谊感，但他是怎样做出这种事来的呢？你能一五一十告诉我吗？

罗伯特·齐腾爵士　（一下坐在写字台旁的大扶手椅上。）有一天晚餐后，在拉德莱勋爵的家里，男爵开始谈到在现实生活中的成功要素，可以简化为一个绝对肯定的科学公式。他用令人惊奇的迷人而又平静的声音，向我们解释所有哲学中最可怕的权力哲学，他向我们宣传所有福音中最大的奇迹，那就是黄金带来的福音。我认为他看出了他的话在我身上产生的影响，因为几天之后，他写信要我到他家去看他。那时他住在派克街，就是武尔康勋爵现在住的地方。我现在还记得清清楚楚，他卷起的苍白嘴唇上挂着的奇异微笑，带我走过他那令人惊奇的画廊，让我看他的刺绣精品、令人心醉神迷的珠宝、雕刻精致的大象牙，使我对他生活中的奇珍异宝感到无比惊讶。而那时他却告诉我，这些奢侈品不过是背景道具，一幕舞台剧的布景而已。只有权力，支配人的权力，支配世界的权力，才是值得拥有的、值得知道的、值得品尝的最高乐趣。这种乐趣永远不会使人厌倦，而在我们现在这个时代，只有富人才享受得到。

戈琳勋爵 （认真考虑后）这是彻底浅薄的教条。

罗伯特·齐腾爵士 （站起。）我那时不是这种看法，现在也不是这种看法。财富给了我巨大的力量。在我开始生活时给了我自由，而自由就是一切。你从来没有穷过，所以不知道什么是雄心壮志。你不能理解男爵给了我多么奇妙的机会。这种机会是很少人能够得到的。

戈琳勋爵 你们的运气很好，如果要根据结果来判断的话。但是你要确确实实告诉我，男爵最后怎么说服了你——使你去干你后来的事情呢？

罗伯特·齐腾爵士 当我要走的时候，他对我说：如果我能给他有真正价值的隐私情报，他会使我成为一个非常有钱的人。他提出来的这个前景使我眼花缭乱。我的雄心壮志、我对权力的欲望那时膨胀得无边无际。六个星期之后，一些有关隐私的文件传到了我手中。

戈琳勋爵 （眼睛瞪着地毯。）国务文件？

罗伯特·齐腾爵士 是的。

（戈琳勋爵叹了口气，一只手放前额，眼睛往上看。）

戈琳勋爵 我想不到，在世界上这么多人当中，你罗伯特居然也会如此软弱，经受不起亚亨男爵对你提出的诱惑。

罗伯特·齐腾爵士　软弱吗？我真讨厌这个词，真不愿用在别人身上。软弱吗？难道你，亚瑟，当真认为软弱才会使人经受不起诱惑？我告诉你，有些可怕的诱惑需要力量，需要力量加勇气才能接受。在片刻之间要把个人的生命当赌注，要下决定一切的赌注，不管赌的结果是得到权力还是欢乐——这是软弱的人做得到的吗？这需要惊人的、惊人的勇气，而我却有这种勇气。就在那一天的下午，我给亚亨男爵写了现在落到那个女人手里的这封信。这笔买卖使男爵得到了百万财富的四分之三。

戈琳勋爵　而你呢？

罗伯特·齐腾爵士　我从男爵手里得到了十一万金镑。

戈琳勋爵　你的价值不止这个价格，罗伯特。

罗伯特·齐腾爵士　不止。这笔钱正好满足了我的愿望，得到更大的权力，我立刻进了下议院。男爵不断提醒我如何管理财政。不到五年，我就几乎使我的财产增加了三倍。从那时起，我无论做什么事，都能得心应手。尤其是关于钱财的事，我几乎是特别走运，有时甚至使得我不知如何是好了。我不记得在什么绝妙的奇书中读到一句神奇的妙语，说天神如果要惩罚我们，就满足我们祷告的要求。

戈琳勋爵　那么，你告诉我，罗伯特，你有没有为你的所作所为后悔过？

罗伯特·齐腾爵士　没有。我觉得我在用自己的武器和时代做斗争，并且取得了胜利。

戈琳勋爵　（难过）你以为你胜利了？

罗伯特·齐腾爵士　我觉得是这样。（停了一会儿。）亚瑟，我刚才告诉你的话，是不是使你瞧我不起？

戈琳勋爵　（声音中流露深情。）我为你觉得非常惋惜，罗伯特，的确非常惋惜。

罗伯特·齐腾爵士　我不说我觉得有什么后悔，我的确没有。不是一般人说的后悔，那是比较糊涂的说法。不过我在良心上觉得欠了许多债，我有一个很大的野心，就是想要解除命运的武装。亚亨男爵使我赚到的钱，我已经双倍支付给慈善机构了。

戈琳勋爵　（眼向上看。）慈善机构？天呀！那你到底干出什么事来了，罗伯特？

罗伯特·齐腾爵士　啊，不要这样说，亚瑟，不要这样说！

戈琳勋爵　你不要管我说了什么，罗伯特！我说的话总是我不应该说的。事实上，我时常说我真正想到的事。在今天看来，这是一个很大的错误，会使人极容易被看透。关于这件可怕的事，我会尽我所能帮你了解。当然这一点你是知道的。

罗伯特·齐腾爵士　谢谢，亚瑟。谢谢。不过，那该怎么办？那能怎么办呢？

戈琳勋爵　（手插衣袋，身往后靠。）那好，英国人受不了一个总自以为是的人，但却很喜欢一个承认错误的人。这是他们最好的品德。然而，罗伯特，在你这种情况下，只承认恐怕还不够。这笔钱，如果你容许我直说的话，是很难说清楚的。再说，如果你整个事情都是一干二净的，那你就不可能再谈什么道德了。而在英国，如果你不能在不讲道德的大庭广众之中，一个星期讲上两次道德，那也是一个过时的政治家了。你剩下来可做的事，也就只有讲植物学或者到教堂里去传道说教了。坦白承认对你没有什么用处，只会毁了你的。

罗伯特·齐腾爵士　那会毁了我，亚瑟。我现在唯一能做的事，就是打出一条路来。

戈 琳 勋 爵　（离开椅子站了起来。）我就是在等你说这句话，罗伯特。这是你现在唯一能做的事了。你一定要把事情从头到尾都告诉你的妻子。

罗伯特·齐腾爵士　那可不行。

戈 琳 勋 爵　罗伯特，听我说，那你就错了。

罗伯特·齐腾爵士　我不能那样做，那会毁了她对我的感情。至于那个女人，那个车维莱太太，我怎么对付她呢？亚瑟，你看起来似乎知道她过去是个什么人。

戈琳勋爵　是的。

罗伯特·齐腾爵士　你知道得清楚吗？

戈琳勋爵　（整整领带。）知道得这样少，但却和她订婚了，那是我在登比时候的事，订婚只有三天……差不多吧。

罗伯特·齐腾爵士　怎么又拆散了呢？

戈琳勋爵　（飘飘然）啊，我也记不清了。至少，和现在已经没有什么关系。话又说回来，你有没有和她谈到钱的事？她爱钱简直爱得不要命了。

罗伯特·齐腾爵士　她要多少，我就给她多少。但是她却拒绝了。

戈琳勋爵　这样看来，金钱万能的福音有时也行不通。金钱到底还不是无所不能的。

罗伯特·齐腾爵士　不是无所不能。我看你说得对，亚瑟。我觉得当众出丑正在等待我呢。我感到这是肯定的事。我过去不知道什么是恐怖，现在却知道了。就像一只冰冷的手抓住了心，就像一颗心在无边无际的空间跳向死亡。

戈琳勋爵　（敲桌。）罗伯特，你一定要和她斗。一定要和她斗。

罗伯特·齐腾爵士　怎么斗？

戈琳勋爵　我现在也说不出，连一点想法都没有。但是每个人都有自己的弱点，每个人身上都有缺陷。（走到壁炉前，从镜子里看到自己的形象。）我父亲告诉我：我有缺点。也许我有，但是我不知道。

罗伯特·齐腾爵士　为了保护自己，对付车维莱太太，我找得到什么武器，就用什么武器，这没什么不对吧？

戈琳勋爵　（还在照镜子。）站在你的地位来讲，我觉得你这样做没有什么不对。她完全有能力保护自己。

罗伯特·齐腾爵士　（在书桌前坐下，把笔拿在手中。）那好，我要发个电报给维也纳使馆，看看有什么对她不利的消息，也许会有使她害怕的秘闻。

戈琳勋爵　（扣好纽扣。）我认为车维莱太太是我们这个时代非常现代化的女性，她要发现一个丑闻，就像找到一顶新帽子一样容易，并且每天下午三点半钟，会到公园里去宣传一番。我敢肯定她喜欢谣言，而目前她生活中的悲哀，正是得到的谣言还不够多呢。

罗伯特·齐腾爵士　（写下来。）你为什么这样说？

戈琳勋爵　（转过身来。）她昨天晚上口红涂得太多，衣服却穿得太少。这常常是一个女人失望的表现。

罗伯特·齐腾爵士　（摇铃。）那就值得我打电报给维也纳了，是不是？

戈琳勋爵　要问一个问题总是值得的，虽然有时问题并不值得回答。

（马逊上。）

罗伯特·齐腾爵士　特拉法先生在工作室么？

马　逊　是的，罗伯特爵士。

罗伯特·齐腾爵士　（把信放入信封，然后仔细封好。）告诉他立刻用密码把这封信发出去，不要耽误片刻。

马　　逊　知道了，罗伯特爵士。

罗伯特·齐腾爵士　啊，等一等，把信给我。

（在信封上写了几个字，马逊把信带下。）

罗伯特·齐腾爵士　她一定掌握了亚亨男爵什么秘密，可是我不知道是什么。

戈琳勋爵　（微笑。）我也不知道。

罗伯特·齐腾爵士　只要我妻子不知道，我就要和她斗到底。

戈琳勋爵　（强调）啊，要斗到底——斗到底。

罗伯特·齐腾爵士　（做一个失望的手势。）如果我的妻子知道了，那就没有什么好斗的了。好，我一得到维也纳的消息，就会让你知道结果。这是一个机会，只是一个机会，但是我有信心。既然我要用时代的武器和时代做斗争，我也要用她的武器来和她做斗争。这是公平的。她看起来是一个有经验的女人，不是么？

戈琳勋爵　很多漂亮女人看起来都有经验。但经验也像服装式样，都是会改变的。也许车维莱太太的时装只是裸胸露肩，到了今天已经非常普遍，不算什么新奇。再说，亲爱的罗伯特，不要把太太的希望寄托在吓唬车维莱太太身上。我看她不是一个容易吓唬得了的人。她活得比她的债主都长，这就说明她有心计啊。

罗伯特·齐腾爵士　啊！我现在的生活只好依靠希望。我要抓住一切机会。我好像坐在快要沉没的船上，水已经浸到我的脚下，空气中充满了暴风雨的苦味。不说了！我听见我妻子的声音。

（齐腾夫人穿便装上。）

齐腾夫人　你好，戈琳勋爵。

戈琳勋爵　你好，齐腾夫人！你到公园里去了吗？

齐腾夫人　还没有去。我刚从妇女自由联谊会回来。顺便告诉你，罗伯特，你的名字在联谊会上可响着呢，我现在是回来喝茶的。（对戈琳勋爵）你也坐下来喝茶，好吗？

戈琳勋爵　我可以坐一会儿，谢谢。

齐腾夫人　我出去一下就来。我只是去脱下帽子。

戈琳勋爵　（态度非常诚恳）啊！千万不要。你看起来这样漂亮。这是我见过的最漂亮的一顶。我希望妇女自由联谊会应该表示热烈的欢迎。

齐腾夫人　（微微一笑。）我们有比看帽子更重要得多的事情要做呢，戈琳勋爵。

戈琳勋爵　真的吗？那是什么事？

齐腾夫人　啊！都是些无聊的，有用的，大家喜欢谈的事。如工厂法、妇女视察员、八小时议程、议会公开制……都是些你会觉得彻头彻尾没有兴趣的问题。

戈琳勋爵　从来不谈帽子？

齐腾夫人　（假装生气。）从来不谈帽子，从来不谈！

（齐腾夫人走向去音乐厅的门口。）

罗伯特·齐腾爵士　（拉住戈琳勋爵的手。）你一直是我的好朋友，亚瑟，从头到尾都是好朋友。

戈琳勋爵　我不知道我过去帮过你什么忙。罗伯特，说老实话，我不知道我还能帮你什么忙；我觉得自己是一个彻头彻尾没用的人。

罗伯特·齐腾爵士　你使我能对你说老实话。这可不容易呀。老实话已经逼得我喘不过气来了。

戈琳勋爵　啊！我一知道真情实话，就要尽可能把话推出门去！说起来是个坏习惯吧。这使一个人在俱乐部非常不受欢迎……不受老会员的欢迎。他们说这事的关系重大。也许是这样的。

罗伯特·齐腾爵士　我要能说实话，那真是谢天谢地了……要过说实话的生活，那是生活中的大事。那才是真实的生活。（叹一口气，走向门口。）我很快就会回来看你，亚瑟，好不好？

戈琳勋爵　那当然好，只要你愿意就行。我今晚如果没有别的事，会去单身会员俱乐部看看，明天早上才会回来。如果你今晚有事找我，那就送个纸条到古棕街来好了。

罗伯特·齐腾爵士　谢谢。

（他走到门口，齐腾夫人从卧房门口进来。）

齐腾夫人　你不出去吧，罗伯特？

罗伯特·齐腾爵士　我有些信要写，亲爱的。

齐腾夫人　（向他走去。）你工作太累了，罗伯特。你似乎从来不想到自己，看起来你这样疲倦。

罗伯特·齐腾爵士　这不算什么，亲爱的，不算什么。（吻她之后出去。）

齐腾夫人　（对戈琳勋爵）请坐下吧。你来了，我非常高兴。我正要和你谈——不是谈帽子，也不是谈妇女自由联谊会。你对第一个题目的兴趣太大，对第二个却又似乎兴趣不够。

戈琳勋爵　你是要和我谈车维莱太太？

齐腾夫人　对，你猜对了。你昨晚走后，我发现她说的话的确是真的。当然，我要罗伯特立刻给她写信，收回他答应了的话。

戈琳勋爵　他这告诉我了。

齐腾夫人　如果遵守诺言，那会对完善无缺的事业带上第一个污点，罗伯特不能犯错误。他不像别的人，他不能去做别人答应了去做的事。（她瞧瞧戈琳勋爵，勋爵闭口无言。）你同意我说的吗？你是罗伯特最要好的朋友，你是我们最要好的朋友，戈琳勋爵。除了我，没有一个人知道罗伯特比你知道得更多。他对我没有秘密，而我认为他对你也没有什么秘密。

戈琳勋爵　他对我当然没有秘密。至少，我认为他没有。

齐腾夫人　我对他的估计有没有错误？我自己认为没有。请你老实告诉我你的看法。

戈琳勋爵　（直瞧着她。）说老实话？

齐腾夫人　当然。你没有什么要隐瞒的吧？是不是？

戈琳勋爵　没有。不过，我亲爱的齐腾夫人，我觉得，如果你允许我这样说的话，在实际生活中——

齐腾夫人　（微笑。）实际生活你知道得这样少，戈琳勋爵——

戈琳勋爵　要说实际经验，我一点也没有，但是如果要谈观察所得，那我还不是一无所知的。我认为在实际生活中，若要成功，若要事实上成功，那总难免为了达到目的而不择手段，为了雄心壮志而无所顾忌的。一个人一旦下了决心要爬过岩礁，他就会爬，如果要走下泥潭——

齐腾夫人　哦？

戈琳勋爵　他就会走下泥潭。当然我这是谈一般生活情况。

齐腾夫人　（认真地）但愿如此。你为什么这样惊奇地瞧着我，戈琳勋爵？

戈琳勋爵　齐腾夫人，于是我想……也许你对生命的看法有点生硬。我想……你经常不留余地。各种脾气的人都有缺点，或者不只是缺点。比如举例说——每一个头面人物——管理公众事务的人，我的父亲，或者莫顿勋爵，或者罗伯特，假如说，几年前给某个人写过一封糊涂信——

齐腾夫人　你说的糊涂信是什么意思？

戈琳勋爵　一封会严重损害一个人地位的信。这只是我想象的一种情况。

齐腾夫人　罗伯特不可能做这种糊涂事，因为他不可能犯这种错误。

戈琳勋爵　（半晌没有开口。）没有人可能不做糊涂事，没有人可能不犯错误。

齐腾夫人　你是个悲观主义者吗？别的公子哥儿会怎么说？难道他们也会悲观吗？

戈琳勋爵　（站起。）不，我不是个悲观主义者。说老实话，我不敢肯定我是否十分清楚悲观主义到底是什么意思。我所知道的只是：没有好心好意是不会了解生活的，没有好心好意甚至不可能生活。是爱，而不是德国哲学，才能解释为什么会有现在的世界，甚至还可能解释未来的世界。如果你有困难，齐腾夫人，希望你能绝对相信我，我一定会尽我所能来帮助你。如果你需要我，就来找我帮帮你吧，我一定会尽力的。请你立刻来好了。

齐腾夫人 （惊讶地瞧着他。）戈琳勋爵，你是在认真说的吗？我从来没有听你这样认真说过。

戈琳勋爵 （笑了起来。）那一定要请你原谅我，齐腾夫人，只要我做得到，这种事不会再发生了。

齐腾夫人 不过，我倒喜欢你这样认真。

（玛贝尔·齐腾穿艳装上。）

玛贝尔·齐腾 亲爱的洁露德，不要对戈琳勋爵说这样吓人的话。对他说话太认真了，那是不合适的。你好，戈琳勋爵！请你随便怎么说吧。

戈琳勋爵 我倒想随便说话，玛贝尔小姐，不过我怕我……今天有点反常了；再说，我现在也得走了。

玛贝尔·齐腾 我刚一到，你就要走！这是多么可怕的态度！难道你是受这种恶劣的教育长大的？

戈琳勋爵 过去是的。

玛贝尔·齐腾　但愿我教过你怎样做人！

戈 琳 勋 爵　可惜你没教过。

玛贝尔·齐腾　现在太晚了吗，你看？

戈 琳 勋 爵　（微笑。）我看未必。

玛贝尔·齐腾　你明天早上骑马吗？

戈 琳 勋 爵　骑的，早上十点。

玛贝尔·齐腾　可别忘了。

戈 琳 勋 爵　当然不会。我倒要问一句，齐腾夫人，今天的《晨报》怎么没有登你的贵宾名单？怎么登的全是些市议会呀，烂笨头会议呀，这些乱七八糟的讨厌事。你能给我一张名单吗？我有特别的理由向你要一张。

齐 腾 夫 人　特拉法先生当然会给你的。

戈 琳 勋 爵　那就谢谢你了。

玛贝尔·齐腾　汤姆是伦敦最有用的人。

戈 琳 勋 爵　（转向她。）那谁又是打扮得最漂亮的人呢？

玛贝尔·齐腾　那当然是我了。

戈 琳 勋 爵　你多么聪明，一猜就猜到了！（拿起帽子和手杖。）再见，齐腾夫人！你会记住我对你说的话吧，会不会？

齐腾夫人　不过，我不知道你为什么要这样对我说。

戈琳勋爵　我自己也不太知道呢。再见，玛贝尔小姐！

玛贝尔·齐腾　（稍微不高兴地噘了噘嘴。）我希望你不要就走。我今天早上有四个好消息，实际上是四个半，你可以等一下听了再走。

戈琳勋爵　你多么自私：一个人有四个半好消息，怎么也不留一个给我？

玛贝尔·齐腾　我不希望你有什么好消息。好消息对你没有什么好处。

戈琳勋爵　这是你告诉我的第一个不好的消息。你说得多么可爱！明天早上十点钟再见吧。

玛贝尔·齐腾　准十点。

戈琳勋爵　非常准时。但是不要和特拉法先生同来。

玛贝尔·齐腾　（微微摇头。）当然不会和汤姆·特拉法同来。汤姆·特拉法是最丢人的。

戈琳勋爵　我很高兴听到你这样说。（鞠躬而下。）

玛贝尔·齐腾　洁露德，我希望你告诉汤姆·特拉法。

齐腾夫人　可怜的特拉法先生这次做错了什么事啦？罗伯特可说他是他用过的最好的秘书呢。

玛贝尔·齐腾　不错。汤姆又向我求婚了。他什么事也不干，只会向我求婚。昨夜，他在音乐厅向我求婚，我一点准备也没有。因为音乐厅正在演出精彩的三人奏。我一点也不敢打扰演出，这我用不着对你说。因为如果我一说，那一定会立刻打断音乐会演出的。听音乐的人居然这样绝对不近情理，他们要求我们在这一片刻聚精会神，要我们在耳朵绝对聋的时候，嘴巴也要绝对哑。汤姆居然今天在光天化日之下，在威风凛凛、杀气腾腾的阿奇力士神像前的大庭广众之中，公然向我求婚。的确，在这种艺术精品面前干这种事，实在是太可怕了。警察应该出面干涉。在午餐会上，我从他炯炯有神的眼光中看出他又要求婚了，我就及时阻止了他，说我是个铜墙铁壁合成的双料硬货。幸亏我并不了解双料货到底是什么意思。我也不信有人懂得。但是这句话压得汤姆十分钟说不出话来。他看起来震动了。汤姆求婚就是这样讨厌。如果他高声求婚，我倒不太在乎，那只会引起公众注意。但他推心置腹的方式更可怕。他一浪漫就像医生。我很喜欢汤姆，但他求婚的方式过时了。我希望你，洁露德，告诉他：一周求婚一次就够了，但是方式应该引人注意。

齐腾夫人　亲爱的玛贝尔，不要这样讲。再说，罗伯特对特拉法先生评价也很高呢。他相信他会有一个光辉前途的。

玛贝尔·齐腾　啊！我不会嫁给一个只有前途的人，不管他的前途多么光辉。

齐腾夫人　玛贝尔！

玛贝尔·齐腾　我知道，亲爱的。你和一个有前途的人结了婚，是不是？不过，罗伯特是一个天才，而你也有高尚的自我牺牲的性格。你能够随天才怎么说。我可没有这种好脾气，而罗伯特也是我唯一能忍受的天才。一般说来，我认为不可能有天才。天才说起话来上天下地，是不是？这是一个多么坏的习惯！而且他们经常只想到自己，我却要他们会想到我。我现在要到巴斯东夫人家排演去了。你记得吗，我们还要赛画呢？画什么的胜利呀，我也记不清了。我现在真正感兴趣的只是胜利。（吻了吻齐腾夫人就走出去，忽然又跑回来。）啊，洁露德，你知道谁看你来了？是那个可怕的车维莱太太，打扮得可讲究呢。你请了她来吗？

齐腾夫人 （站起。）车维莱太太！居然会来看我？这不可能！

玛贝尔·齐腾 我敢肯定她上楼来了，就是她本人，看上去很不自然。

齐腾夫人 你不用等她了，玛贝尔。不要忘了巴斯东夫人还等着你排演呢。

玛贝尔·齐腾　啊，我不得不欢迎马克比夫人呀。她是很讨人喜欢的。我喜欢挨她的骂。

（马逊上。）

马　　　逊　马克比夫人，车维莱太太。

（马克比夫人同车维莱太太上。）

齐腾夫人　（上前欢迎。）亲爱的马克比夫人，你这么难得来看我了！（和她握手，只在远处对车维莱太太弯了弯腰。）请坐吧，车维莱太太。

车维莱太太　谢谢。那一位不是齐腾小姐吗？认识她会使我很高兴的。

齐腾夫人　玛贝尔，车维莱太太要见见你。（玛贝尔·齐腾稍微点了点头。）

车维莱太太　（坐下。）我觉得你昨天晚会上穿的连衣裙真好看，齐腾小姐。这样朴素……还很合身。

玛贝尔·齐腾　是吗？那我得告诉我的服装师了。她会觉得非常意外的。再见了，马克比夫人。

马克比夫人　怎么就要走了？

玛贝尔·齐腾　对不起，我不得不走了。我是刚离开排演场来的。我不得不在画中倒站着呢！

马克比夫人　倒站着，难道你是个小孩子？啊，我希望不是这样。啊，那会要你少活几天的。（在齐腾夫人旁的沙发上坐下。）

玛贝尔·齐腾　那是帮助穷人最多的慈善机构，而穷人是我真正关心的唯一对象。我是那个机构的秘书，汤姆·特拉法是财务主管。

车维莱太太　那戈琳勋爵呢？

玛贝尔·齐腾　啊，戈琳勋爵是领导。

车维莱太太　这个位置倒很适合他。自从我认识他以来，他还从来没有贬低到这种地步呢。

马克比夫人　（考虑了一下。）你真是太现代化了，玛贝尔，也许有一点过于现代化了。没有什么比过于现代化更危险的。一个人也会突然变得过时。我知道不少例子呢。

玛贝尔·齐腾　那太可怕了！

马克比夫人　啊！我亲爱的，你不要太紧张了。你总是说多漂亮就有多漂亮的。这是最漂亮的模式，也是英国拿得出来的唯一样板了。

玛贝尔·齐腾　（行屈膝礼。）谢谢，马克比夫人，我代表英国，也代表我自己。（下。）

马克比夫人　（转向齐腾夫人。）亲爱的洁露德，我们来是想问一声：车维莱太太的钻石胸针会不会是遗忘在你这里了？

齐腾夫人　在我这里？

车维莱太太　是的，我回到卡里基的时候发现胸针丢了。我想，会不会是遗忘在你这里。

齐腾夫人　我没有听说过这回事。不过我可以要下人问一问。

（按铃。）

车维莱太太　啊，那就不必麻烦你了，齐腾夫人。我来你们这里之前去了歌剧院，恐怕是丢在那里了。

马克比夫人　啊，对了，我看一定是丢在歌剧院了。事实是我们这些日子在那里挤来挤去。争先恐后，挤了一个晚上，到头来要是身上还有什么穿的戴的没有挤掉，那才真是怪事呢。我亲身的经历是：从前厅出来的时候，我总感到身上几乎一丝不挂。只剩下一块小小的遮羞布，可以避免下层社会的低级人物削尖了头从马车窗外来看一眼。事实上，是我们社会上已经人多为患。的确，应该有人安排一个不多不少的移民计划，那就万事大吉了。

车维莱太太　我非常同意你的看法，马克比夫人。自从我在这个季节来到伦敦，已经快六年了，我不得不说：社会已经变得复杂可怕，到处可以看到稀奇古怪的人物。

马克比夫人　你说得对，亲爱的。不过，我们不必在乎他们。我敢肯定，到我家里来的人，至少有一半是我不认识的。的确，就我所知，我也不想认识他们。

（马逊上。）

齐腾夫人　你遗失的是什么装饰品，车维莱太太？

车维莱太太　一个蛇形胸针，还有一颗大红宝石。

马克比夫人　我记得你说过的是头上戴的蓝宝石，亲爱的，是不是？

车维莱太太　（微笑。）不对，马克比夫人——是红宝石。

马克比夫人　（点点头。）配胸针很合适，我敢说。

齐 腾 夫 人　今天早上有没有在哪个房间里看到镶红宝石的钻石胸针，马逊？

马　　　逊　没看见，夫人。

车维莱太太　这的确不要紧，齐腾夫人。真对不起，打搅你了。

齐 腾 夫 人　（冷冷地）啊，这没什么。你下去吧，马逊，可以上茶了。

马克比夫人　那好，我可觉得丢东西是最讨厌的事。记得我几年前在富贵浴室遗失了一个非常漂亮的浮雕手镯，那是约翰爵士送我的。从此以后，我不记得他还送过我什么东西，说起来也难为情。他已经堕落得可怕了。的确，这个可怕的众议院毁了我们的丈夫。我觉得下议院自从发明了妇女高等教育会以来，给幸福的夫妇带来了最大的打击。

齐 腾 夫 人　啊！在这里这样讲就不对了，马克比夫人。罗伯特就是赞成妇女高等教育会的，所以，恐怕我也不得不赞成了。

车维莱太太　我却赞成办男人高等教育会。男人才更需要教育啊。

马克比夫人　男人的确需要，亲爱的。但是，我怕教育男人的计划是不太可能实行的。我不相信男人有什么发展的能力。男人已经要什么有什么了，虽然不算太多，是不是？而女人呢，亲爱的洁露德，你属于年轻的一代，所以你当然赞成男人的主张。而在我们那个时代却要我们什么也不理解。那是老规矩了，真是非常有趣。我告诉你，不许我和我可怜的姐妹知道的东西简直多得惊人，但是现代的女人却没有什么不知道，这是人家告诉我的。

车维莱太太　只是不知道她们的丈夫。这是现代妇女最不了解的一点。

马克比夫人　这也是一件很好的事，亲爱的。我敢这样说。如果她们理解了丈夫，那就可能要拆散很多快活的家庭了。当然不是说你的家，这不用我讲，洁露德。和你结婚的是一个典型的好丈夫。我真希望我的丈夫也能这样就好了。但是约翰爵士说起话来，就像在议院辩论，其实过去他并不是这样，现在却每次说话像开会发言一样，使用的语言简直叫人听不下去。他甚至谈起农村的人或者威尔斯教会或者这一类的话来，我就不得不打发用人走开。我们的管家已经干了二十三年，不能让他听了对着碗橱羞得满脸通红，也不能让下人像看马戏似的说长道短呀。我敢肯定，如果不把约翰立刻送到上议院去，我的生活简直要搞得一塌糊涂了。他不会再对政治感兴趣，是不是？参议院的感觉这样灵敏，是上等人的聚会。但是在约翰爵士目前的情况下，那的确是一个大大的考验。为什么这样说呢？今天早上，早餐还没有吃完一半，他居然在壁炉前的地毯上站了起来，双手插在衣袋里，对全国发表高声演说。我才喝完第二杯茶，立刻就离开了餐桌。我用不着多说。但是全屋子都听得见他激烈的言论。我相信，洁露德，罗伯特爵士决不会这样做吧。

齐腾夫人　不过，我对政治倒很感兴趣，马克比夫人。我喜欢听罗伯特高谈阔论。

马克比夫人　那好，我希望他不是像约翰爵士那样对蓝皮书非常感兴趣。我认为那对任何人都不会增加阅读的快感。

车维莱太太　我从来没有读过一本蓝皮书。我喜欢的书都是——黄色封皮的。

马克比夫人　（不自觉地流露出来。）黄色是个快乐的颜色，是不是？我早年非常喜欢穿黄衣服，现在还会喜欢，如果约翰爵士不是这样痛苦地反对的话。而男人对女人服装问题的看法往往是可笑的，是不是？

车维莱太太　啊，不是。在我看来，关于女人的服装，男人是唯一的权威评论家。

马克比夫人　是这样的吗？从女人戴的帽子看来，

恐怕没有一个男人会这样说吧。你看会吗？

（管家上，仆人随后，把茶具放在齐腾夫人身边的小桌上。）

齐腾夫人　你喝茶吗，车维莱太太？

车维莱太太　谢谢。（仆人用托盘送上一杯茶。）

齐腾夫人　你用茶吗，马克比夫人？

马克比夫人　不用，谢谢，亲爱的。（仆人都下。）事实是我答应了花十分钟的时间去看看可怜的班卡特夫人，她现在正麻烦着呢。她的女儿是很有教养的，却要和斯洛普郡一个教区牧师结婚了。这很可惜，实在是非常可惜。我不明白现在的牧师发了什么神经病。在我那个时候，我们小女孩只看到他们，当然，像兔子一样跑上跑下。但是我们从来没有注意过他们，这用不着我说。但是，今天的乡村社会却挤满了男男女女，挤得像蜂窝里的蜜蜂一样。我看这太不像一个教区了。还有大儿子往往和父亲争得脸红耳赤。据说，他们在俱乐部见面的时候，布朗卡勋爵往往埋头读报，把脸藏在《泰晤士报》的经济栏背后。不管怎样，我相信这是今天经常发生的事，所以国会俱乐部的《泰晤士报》总要多卖几份。俱乐部里居然有这么多儿子不认父亲，父亲不认儿子。真是咄咄怪事。我自己觉得这是非常令人惋惜的。

车维莱太太　我也觉得惋惜。今天的父亲有很多东西要向儿子学习了。

马克比夫人　当真，亲爱的？你说学习什么？

车维莱太太　生活的艺术。这是当代产生的唯一真正的艺术。

马克比夫人　（摆摆手。）啊！我怕班卡特勋爵在这一方面知道得很多，远远超过了他可怜的夫人。（转向齐腾夫人。）你知道班卡特夫人，是不是？

齐腾夫人　只知道一点。她去年秋天住在朗格顿，我们也住在那里。

马克比夫人　那好，像所有结实的女人一样，她看起来简直成了快活的样板，这一点你当然也看到了。不过，她家里闹了很多悲剧，牧师的婚事还不算在内。她的妹妹杰克尔太太过着非常不愉快的生活，但并不是因为她自己做错了什么事，说起来也真叫人难过。她最后心碎得进了修道院，或者是上了歌剧院的舞台，我也记不得是哪一样。不，我想她干的也许是针线刺绣活。我知道她已经失去了一切生活的快乐感。（站了起来。）现在，洁露德，我要把车维莱太太留在你这里了，过一刻钟我再来接她。或者，亲爱的车维莱太太，如果你愿意待在马车里等我和班卡特夫人谈话，那也可以。因为我只是去慰问一下，不会待很久的。

车维莱太太　（站起。）我不在乎待在马车里等你，只要有人看住马车就行了。

马克比夫人　那你不必担心，我听说牧师总是在屋前屋后走来走去的。

车维莱太太　我怕我并不喜欢他的女伴。

齐腾夫人　（站起。）啊，我希望车维莱太太能在我这里待上一会儿。我倒想和她谈几句话呢。

车维莱太太　真谢谢你，齐腾夫人！说真心话，没有什么比留下来更愉快的了。

马克比夫人　啊！你们两个当然可以非常愉快地谈起当年的同学生活了。再见，亲爱的洁露德！今晚我们还会在博纳尔夫人家见面吗？她发现了一个惊人的天才。他会……其实，我相信他什么也不会。这是最能叫人放心的事，是不是？

齐腾夫人　罗伯特和我今晚会在家里晚餐，我看我们餐后也不会到哪里去。罗伯特当然要去议院。但是也没有什么有趣的事可谈。

马克比夫人　你们就在家里晚餐吗？这会太平无事吗？啊，我忘记了，你的丈夫是个例外。我的丈夫却是什么事都跟大家一样做。

（马克比夫人下。）

车维莱太太　马克比夫人真是个奇人，是不是？谈得多，说得少，真可以做个演说家，远远胜过她的丈夫。他只是个典型的英国人，非常愚蠢，却很野蛮。

齐腾夫人 （没有回答，只是站着，双方无言。两个女人的目光相遇。齐腾夫人脸色苍白而严肃，车维莱太太似乎觉得有趣。）车维莱太太，我觉得我不得不老实告诉你了：要是我早知道你真正是个怎么样的人，我昨天晚上是不会邀请你到我家里来的。

车维莱太太 （满不在乎地微笑。）当真？

齐腾夫人 可惜我当时没有这样做。

车维莱太太 我看这么些年来，你似乎没有一点改变，洁露德。

齐腾夫人 我永远不会改变。

车维莱太太 （竖起眉毛。）那你就没有从生活中吸取一点教训了。

齐腾夫人 生活告诉我：一个人做了一次不老实、不名誉的事，就会再做第二次，所以对这种人应该敬而远之。

车维莱太太 你能把这话应用到每个人头上吗？

齐腾夫人 对，应用到每个人头上，没有例外。

车维莱太太 那我觉得真是太可惜，洁露德，太可惜了。

齐腾夫人 你现在当然应该明白，我不会看错，有各种各样的理由，只要你还留在伦敦，我们就不必再有什么往来了。

车维莱太太 （仰面靠椅子上。）你知道吗？洁露德，我并不在乎你谈什么道德。道德不过是我们对我们个人所不喜欢的人所采取的态度而已。你不喜欢我，我当然知道。而且我也一直讨厌你。不过，我还是到你这儿来，却是来帮你一点小忙。

齐腾夫人 （不屑地）像你昨天晚上那样帮忙，是不是？谢天谢地，我免得他受你的罪了。

车维莱太太 （吃惊地站了起来。）是你要他昨天给我写了那封傲慢无礼的信吗？是你要他违背诺言的吗？

齐腾夫人 是的。

车维莱太太 那你必须要他遵守诺言。我要你在明天早上以前——不能超过那个时间。如果到了时间你的丈夫还不严格遵守他做出的诺言，帮我实现和我利害有关的重要计划——

齐腾夫人　你那招摇撞骗的投机倒把——

车维莱太太　你爱怎么说就怎么说吧。我把你的丈夫抓在我的手掌心里，如果你放聪明点，你就会要他按照我的心意去做。

齐腾夫人　（站起来走到她面前。）你太不识时务。我的丈夫和你有什么关系？一个像你这样的女人！

车维莱太太　（苦笑。）这个世界上是物以类聚的。你的丈夫是个不忠实的骗子，我们就搭配成双了。你和他之间还有裂缝。他和我却比朋友还更接近，我们不是冤家不碰头。同样的罪恶把我们联系在一起了。

齐腾夫人　你怎么可以把我丈夫和你相提并论？你怎么可以威吓他或我？你走吧。你不配进我的家。

（罗伯特·齐腾爵士从后上。他听见他

妻子最后说的话，知道是对谁说的。他的脸色变得惨白。）

车维来太太　你的家！用不光彩手段买来的家。家里的一切都是用欺骗手段得到的。（转过身来，看见了罗伯特·齐腾爵士。）你问问他财产的来源！要他告诉你怎样把内阁的机密泄露给一个股票经纪人。要他告诉你他怎样得到今天的地位。

齐腾夫人　这不是真的！罗伯特！这不是真的！

车维莱太太　（伸出手指来指着他。）你看他！他能抵赖吗？他敢抵赖吗？

罗伯特·齐腾爵士　走开！立刻走开！你已经拿出你最恶劣的本领了。

车维莱太太　最恶劣？我和你还没完呢，和你们两个都没完。我给你们两个一点时间。如果到时间你们还没做我要你们做的事，全世界都会知道罗伯特·齐腾的来龙去脉。

（罗伯特·齐腾爵士按铃。马逊上。）

罗伯特·齐腾爵士　请车维莱太太出去。

（车维莱太太吃了一惊，然后有点做作地向齐腾夫人表示礼貌，夫人没有回礼。她走过站在门口的罗伯特·齐腾爵士身边时停了一下，瞪着眼睛看他的脸，然后走了出去。爵士把门关上。屋内只剩夫妻二人。齐腾夫人仿佛做了一场噩梦。然后她转过身来瞧着她的丈夫。她瞧着他的眼光仿佛是第一次见到他似的。）

齐腾夫人　你把一个内阁机密卖了钱！你是以舞弊开始你的政治生涯的！你的事业建立在不光彩的基础上。啊！告诉我这不是真的！对我说谎吧！对我说谎吧！告诉我那不是真的。

罗伯特·齐腾爵士　这个女人说的都是真话。不过，洁露德，听我说。你不知道我是怎么受到诱惑的。让我把前因后果都告诉你吧。（向她走去。）

齐腾夫人　不要到我身边来，不要碰我。我觉得你已经玷污我了。啊！这么些年来，你一直戴着多么巧妙的假面具啊！真是个画得可怕的假面具！你把你自己卖钱了。啊！你比一个小贼还不如。你把你自己出卖给出价最高的主顾！你在市场上出卖，你对全世界说谎。而你却不愿对我说谎。

罗伯特·齐腾爵士　（向她冲过去。）洁露德！洁露德！

齐腾夫人　（伸出手来把他推开。）不，不要说了！什么也不要说！你的声音唤醒了可怕的回忆——使我爱你的回忆——而这些回忆现在却使我害怕。我从前多崇拜你。你过去对我显得与众不同。纯洁，高贵，诚实，没有污点，世界因为有了你而显得更美好，道德因为你活着才有典型。可是现在——现在我才知道是我把你当成了理想！我一生的理想。

罗伯特·齐腾爵士　这是你的错误。这是你的错误。这错误是每个女人都会犯的。为什么你们女人爱我们，却不能爱我们的错误，甚至爱我们的一切？为什么你们把我们捧到高不可攀的地步？我们也有我们的泥腿，男人和女人都一样；但当我们爱女人的时候，我们知道她们的缺点，知道她们的错误和不完美的地方，但是我们还爱她们。也许正是为了这个缘故，我们反而更爱她们了。因为不单是完美的女人，就是不完美的女人也一样需要爱情。不管是我们自己的手还是别人的手伤了我们，爱情都应该来援助我们、来救我们的——否则，爱情还有什么用处？所有的罪恶都应该得到原谅。所有的生命，除了没有爱情的生命，都应该得到，除了没有爱情的生命之外，都应该得到真正爱情的原谅。一个男人的爱情就是这样的。男人的爱情比女人的更广大宽广，更有人性。女人以为她们制造了男人的理想，她们制造的其实是虚假的偶像。你把我制成了一个虚假的偶像。我也没有勇气从偶像台上走下来，让你看到我的伤痕，让我告诉你我的缺点。我怕会失掉你的爱情，而我现在的确是失掉了。就是这样，你昨夜毁了我的一生——对，毁了我的一生！那个女人想要从我这里得到的，远远少于她给予我的。她给了我稳定、平安，我年轻时犯的错误，我以为早已埋葬在遗忘中，现在却出现在我眼前。讨厌，可怕，它的双手紧紧卡住我的脖子。我本来可以一下了结这个错误，把它送进坟墓，摧毁它的记录，烧掉唯一对我不利的证据。你却阻止了我。没有别人，只有你能阻止我，这你知道。现在，摆在我面前的，只有当众出丑，彻底完蛋，可怕的羞辱，全世界的鄙视，孤独凄凉的生活——遗臭后世的凄凉生活，遗臭后世的凄凉死亡。还能有什么别的吗？千万不要再让女人把男人当成偶像，也不要把他们捧上神坛，向他们弯腰行礼，否则，就要像你把我毁了一样毁了别人。——而我爱你，却是如疯似狂的啊！

（他走出房间。齐腾夫人向他冲过去，但冲到时，门已关上。她脸色惨白，不知所措，摇摇晃晃，有如水中树枝。她伸出的双手发抖，好像风中花朵。她就这样倒在身旁的沙发上，把脸埋在手中，像个孩子一般哭起来了。）

（第二幕完）

第三幕

戈琳勋爵家的图书室，亚当室。右边是通往舞厅的门，左边是通往吸烟室的门。后面有两扇折叠门通往客厅。壁炉生了火。管家菲利浦在整理写字台上的报纸。菲利浦的特点是不慌不忙，他被称为理想的管家，狮身人面像也不像他这样无动于衷，他的一举一动都像一个规规矩矩的假面人。关于他的文化生活和感情生活，这里没有记载。

戈琳勋爵穿着有纽扣的花边晚礼服。他戴的是丝质帽，穿的是有披肩的披风。他戴着白手套，拿着路易十六时代的手杖。他的穿着符合时装潮流，和现代生活有直接联系，简直就是现代生活的样板。他是思想史上第一个重视外表的哲学家。

戈琳勋爵　把有纽扣的新披肩拿来，菲利浦！

菲利浦　是，勋爵。（送上帽子、手杖，并用托盘送上有纽扣的花边。）

戈琳勋爵　看起来倒不错，菲利浦。我现在是伦敦唯一的戴纽扣花边的不重要人物了。

菲利浦　是，勋爵。我注意到了。

戈琳勋爵　（拿出旧的纽扣花边。）你看，菲利浦，时髦式样就是一个人穿自己喜欢的式样。什么是不时髦的？就是别人穿戴的式样。

菲利浦　是，勋爵。

戈琳勋爵　俗气就是别人的打扮。

菲利浦　是，勋爵。

戈琳勋爵　（拿出新的纽扣花边。）别人的真心实话都是假话。

菲利浦　是，勋爵。

戈琳勋爵　别人都是非常可怕的。只有自己是唯一可以安全交往的人。

菲利浦　是，勋爵。

戈琳勋爵　爱自己就是浪漫一生的开始，菲利浦。

菲利浦　是，勋爵。

戈琳勋爵　（在镜子里瞧瞧自己。）不要以为我喜欢这个纽扣花边，菲利浦。它使我看起来有点老了。几乎使我看起来已经到了生命的顶点，对吗，菲利浦？

菲利浦　我看不出勋爵的外表有什么改变。

戈琳勋爵　你看不出，菲利浦？

菲利浦　我看不出，勋爵。

戈琳勋爵　我也不敢肯定。不消多久，到星期四晚上，菲利浦，又会看到更平常的纽扣花边了。

菲利浦　我会告诉绣花女工，勋爵。她家里出了事，所以花边绣得不够好，惹得勋爵不高兴了。

戈琳勋爵　英国的下层社会容易出事——常常失掉亲人。

菲利浦　是，勋爵！在这方面他们已经算幸运了。

戈琳勋爵　（转过身来瞧菲利浦，菲利浦还是一动不动。）哼！有信没有，菲利浦？

菲利浦　有三封信，勋爵。（用托盘送上三封信。）

戈琳勋爵　（拿起信来。）备车，二十分钟之内要用。

菲利浦　是，勋爵。（走向门口。）

戈琳勋爵　（拿起粉红色的信封。）哼，菲利浦，这封信是什么时候到的？

菲利浦　是勋爵大人去俱乐部后送来的。

戈琳勋爵　行了。（菲利浦下。）是齐腾夫人的字迹。写在齐腾夫人粉红色的信纸上。这就怪了。我以为是罗伯特写的。奇怪，齐腾夫人有什么话要对我说呢？（在写字台前坐下，拆开信封读信。）"我需要你。我相信你。我就要来找你。洁露德。"（把信放下，露出迷惑不解的神色，然后又拿起信来再读一遍。）"我需要你。我相信你。我就要来找你。"这样看来，她什么都知道了！可怜的女人！可怜的女人！（拿出表来一看。）这哪里是拜访的时间！才十点钟，我只好不去贝克郡了。不过，让别人等自己，总比让自己等别人更好。单身俱乐部并不在等我，那我还是去俱乐部好。

对，我要让她站在她的丈夫一边。随便哪一个女人都只能这样做了。这样，女人的道德感就会增强，会使婚姻变成毫无意义的单方面的规定。十点钟。她很快就要来了。我必须告诉菲利浦我不在家，不能见任何人。

（菲利浦上。）

菲利浦　卡维汉勋爵到。

戈琳勋爵　啊，为什么父母总要在不需要的时候来到？我看，一定是出了性质特别的错误。（卡维汉勋爵上。）非常高兴见到你，亲爱的父亲。（上前去欢迎。）

卡维汉勋爵　给我脱下外衣。

戈琳勋爵　有这需要吗，父亲？

卡维汉勋爵　当然需要，爵士。哪一张沙发更舒服？

戈琳勋爵　这一张。这是我会客时自己坐的。

卡维汉勋爵　谢谢你。我看，这一间房不通风吧？

戈琳勋爵　不通风，父亲。

卡维汉勋爵　（坐下。）我很高兴。我经不住风雨。家里也不通风。

戈琳勋爵　只有阵阵清风。

卡维汉勋爵　哈？哈？不懂你的意思。我要和你认真谈谈，爵士。

戈琳勋爵　我亲爱的父亲，在这个时候？

卡维汉勋爵　是的，爵士，这才刚刚十点。你有什么理由反对这个时间？我看这时间再好不过。

戈琳勋爵　好是好，不过，父亲，今天不是我谈正事的日子。真对不起，这不是我谈正事的日子。

卡维汉勋爵　你这是什么意思，爵士？

戈琳勋爵　现在这个季节，父亲，我只在每个月的第一个星期二才谈正事，而且只在四点到七点之间。

卡维汉勋爵　那好，那就把今天当是星期二好了，爵士，把今天当星期二好了。

戈琳勋爵　现在是七点以后了，父亲，医生说我在七点之后不能谈正事。否则，睡觉会说梦话的。

卡维汉勋爵　会说梦话，爵士？那有什么关系？你还没有结婚呢。

戈 琳 勋 爵　没有，父亲，我还没有结婚。

卡维汉勋爵　好！这就是我来和你谈的正事，爵士，你一定要结婚了，并且立刻结婚。为什么呢？我在你这个年龄，爵士，已经做了三个月无法安慰的鳏夫了，而且我已经在向你可敬的母亲求婚。该死，爵士，结婚是你的责任。你不能总是以寻欢作乐为生呀。今天，每个有地位的人都得结婚。单身生活已经不再时髦了。那是命该倒霉。这种事已经传闻很多。所以你一定要有个妻子，爵士。看你的朋友罗伯特·齐腾正直，勤恳，人人都感觉得到。他和一个好女人结了婚。你为什么不向他学习，爵士？为什么不以他为榜样？

戈 琳 勋 爵　我想我会的，父亲。

卡维汉勋爵　希望你会，爵士。那我会很高兴的。目前，为了你的缘故，我使你的母亲生活很不愉快。你真是没有良心，爵士，没有良心。

戈琳勋爵　我希望不是如此，父亲。

卡维汉勋爵　是你应该结婚的时候了。你已经三十四岁，爵士。

戈琳勋爵　是，父亲，其实我只有三十二岁——当我戴上纽扣花边的时候，其实只有三十一岁半。这个纽扣花边可不是……不是一个小奖。

卡维汉勋爵　我告诉你，你已经三十四岁了，爵士。并且，你的房子里有风，这使你的行为更不对了。你为什么告诉我说没有风，爵士？我感觉到有风，爵士，我的感觉清清楚楚。

戈琳勋爵　我也感到了，父亲。风并且很大。我明天去看你吧，父亲。我们可以随便谈谈，要谈什么就谈什么。现在，让我给你披上外套吧，父亲。

卡维汉勋爵　不用，爵士；我今天下午来有一定的目的。为了达到目的，我不惜我的健康和你的健康有所损失。放下我的外套，爵士。

戈琳勋爵　当然啰，父亲。让我们到另外一间房去吧。（按铃。）这里风大。（菲利浦上。）菲利浦，吸烟室的壁炉生了火吧？

菲利浦　是的，勋爵。

戈琳勋爵　那我们去吧，父亲。你打喷嚏，叫人听了心痛。

卡维汉勋爵　哼，爵士，我有权想打喷嚏就打喷嚏吧？

戈琳勋爵　（道歉。）当然啰，父亲。我不过是表示感情而已。

卡维汉勋爵　啊，去你的感情吧！今天这一类的事情太多了。

戈琳勋爵　你说得对，父亲。如果世界上感情的事少一点，世界上的麻烦也就少得多了。

卡维汉勋爵　（走向吸烟室。）这是似是而非的道理。我讨厌似是而非的话。

戈琳勋爵　我也讨厌，父亲。今天我们碰到的每一个人都是模棱两可的。这真太讨厌了。这使得社会一眼就可以看穿。

卡维汉勋爵　（转过身来，从浓眉下瞧着儿子。）你每次都真正懂得你自己说的话吗？

戈琳勋爵　（考虑了一下。）是的，父亲，如果我认真听的话。

卡维汉勋爵　（气愤地）如果你认真听！……真是不知天高地厚！

（一边埋怨，一边走向吸烟室。菲利浦上。）

戈琳勋爵　菲利浦，今天有一位夫人有重要的事情来找我。她一来就请她到会客室去。你明白了吗？

菲利浦　是，勋爵。

戈琳勋爵　这是一件非常重要的事，菲利浦。

菲利浦　我明白，勋爵。

戈琳勋爵　在任何情况下，都不要让别人进去。

菲利浦　我明白，勋爵。（铃响。）

戈琳勋爵　啊！来的可能就是这位夫人。我亲自去见她。

（他正走向门口，卡维汉勋爵又从吸烟室走出来。）

卡维汉勋爵　喂，爵士，要我等候你吗？

戈琳勋爵　（莫名其妙）等一等，父亲。对不起。（卡维汉勋爵又走回去。）好，记住我的话——到那间房里。

菲利浦　是，勋爵。

（戈琳勋爵走入吸烟室。）

（仆人哈罗德引车维莱太太上。她穿绿衣银裙，打扮妖艳，外穿一件用丝织玫瑰叶镶边的黑纹缎袍。）

哈罗德　请问夫人是哪一位？

车维莱太太　（见菲利浦走过来，就对他说。）戈琳勋爵不见客吗？我听说他在家的。

菲利浦　勋爵正在和卡维汉勋爵谈话，夫人。（冷眼瞧瞧哈罗德，哈罗德立刻退下。）

车维莱太太　（自言自语。）好一个孝顺的儿子！

菲利浦　勋爵要我告诉你，夫人，请去会客室等他。勋爵会在那里见你。

车维莱太太　（吃了一惊。）戈琳勋爵是在等我？

菲利浦　是的，夫人。

车维莱太太　你能肯定吗？

菲利浦　勋爵大人对我说：如果有一位夫人来

访，就请她到会客室等我。（走到会客室门口，并且打开门来。）勋爵大人的指示非常明确。

车维莱太太　（自言自语。）他考虑得多么周到啊！居然能够等待一个意外来访的客人，说明他有超人的现代化智力。（走到会客室一看。）呜！一个单身汉的会客室看起来多么冷静。我要改变这一切。（菲利浦搬起写字台上的台灯。）不，我用不着台灯。那太明亮了。有蜡烛就行。

菲　利　浦　（放下台灯。）遵命，夫人。

车维莱太太　我希望蜡烛的光暗适度。

菲　利　浦　我们的蜡烛从来没有令人不满意的，夫人。

（走进会客室，点亮蜡烛。）

车维莱太太　（自言自语。）我不知道他今天晚上等待的女人是哪一个。抓住他们也很有趣。男人给人抓住，看起来是很好笑的。他们总会给人抓住。（向会客室看看，走到写字台前。）多么有趣的房间！多么有趣的图画！不知道他的信里写了些什么。（拿起信来。）啊，多么有趣的信！账单和名片。债务和寡妇！谁居然和他用粉红色的信纸写信？用粉红色的信纸多么愚蠢！看起来像是中产阶级浪漫史的开始！但浪漫史不应该用感情开始呀，应该用科学精神来开始，并且来结束。（把信放下又拿起来。）我认得这字迹。这是洁露德·齐腾的笔迹。我记得清清楚楚。这每一笔都像她写的“十戒”，满纸都是道德教训。奇怪！洁露德和他写什么？是不是关于我可怕的事情？我多么恨这个女人！（读信。）“我需要你。我相信你。我就要来找你。洁露德。”“我需要你。我相信你。我就要来找你。洁露德。”

（脸上露出得意的神色。她刚要把信偷走，菲利浦进来了。）

菲利浦　会客室的蜡烛已经遵夫人之命点着了。

车维莱太太　谢谢。（赶快站了起来，偷偷地把信放在桌上银色封套的大本子下面。）

菲　利　浦　我想蜡烛的光暗可能会适合你的心意，夫人。这是我们最适用的烛光了。勋爵大人在晚餐前就是在这种烛光下更衣的。

车维莱太太　（微笑。）那么，我敢肯定这完全合适。

菲　利　浦　（认真地）谢谢夫人。

（车维莱太太走进会客室，菲利浦关门后退下。会客室的门又慢慢打开了，车维莱太太走了出来，偷偷地走向写字台。忽然听到吸烟室的谈话声，车维莱太太立刻面色发白，站住不动。谈话声音越来越大，她就咬着嘴唇回到会客室去。）

（戈琳勋爵和卡维汉勋爵上。）

戈琳勋爵　（劝说。）我亲爱的父亲，如果我要结婚，你当然会允许我自己选择合适的时间、地点和人选吧？尤其是人选。

卡维汉勋爵　（急躁地）这是我的事，爵士。你可能会做出非常糟糕的选择。所以应该由我来考虑，而不是由你。这还有财产的问题，不只是一个感情的问题。感情是在婚姻生活中慢慢来的。

戈琳勋爵　是的，在婚姻生活中，两个人彻底不喜欢对方的时候，感情就产生了。父亲，是不是这样的？（为卡维汉勋爵披上外套。）

卡维汉勋爵　当然啰，爵士，我的意思是：当然不是这样，爵士。你今晚的谈话非常愚蠢。我说的意思是：结婚是一个常识问题。

戈琳勋爵　但是有常识的女人老实得出奇，父亲，是不是？自然，我这只是听人说的。

卡维汉勋爵　没有一个女人，不管漂亮不漂亮，有一点常识，爵士。常识是男人才能享受的专有权。

戈琳勋爵　不错。而我们男人是这样富于自我牺牲的精神，从来不用这种特权。是不是，父亲？

卡维汉勋爵　偏偏我就常用这种特权，爵士，而且只用这种。

戈琳勋爵　母亲也是这样对我说的。

卡维汉勋爵　这就是你母亲幸福的秘诀。你可真是没有心肝，爵士，没有心肝。

戈琳勋爵　我希望不是这样，父亲。

（送他的父亲出去，一会儿又回来，显得放松了，和罗伯特·齐腾爵士同来。）

罗伯特·齐腾爵士　我亲爱的亚瑟，我的运气真好，居然在门口碰到你了！你的仆人刚告诉我你不在家哩。多么巧！

戈琳勋爵　事实是：我今天忙得要命。罗伯特，所以我告诉仆人说：今天不见客。即使是我父亲，也只受到了相对冷淡的接待。他还埋怨，说我家里整天风太大呢。

罗伯特·齐腾爵士　啊！你必须在家里接待我，亚瑟。你是我最要好的朋友。也许到了明天，你就是我唯一的朋友。我的妻子什么都知道了。

戈琳勋爵　啊，我早就猜到会是这样！

罗伯特·齐腾爵士　（瞧着他。）当真？你是怎么猜到的？

戈琳勋爵　（考虑了一下。）啊，从你进来时脸上的表情就可以猜到。是谁告诉她的？

罗伯特·齐腾爵士　车维莱太太自己告诉她的。我热爱的夫人知道了我的事业是以不正大光明的卑鄙手段开始的，我这一生是建筑在耻辱的沙滩上——我像一个唯利是图的小贩，出卖了一个信托给正人君子的机密，我才有了我的今天。谢天谢地，拉德莱勋爵还不知道我出卖了他，就归天了。我真希望上帝在我受到这可怕的诱惑之前，在我堕落到这一步之前，就让我离开世界，那就好了。（把头埋在手中。）

戈琳勋爵　（稍停。）你还没有得到维也纳的回电？

罗伯特·齐腾爵士　（眼向上看。）有的，我晚上八点钟得到了第一秘书的电报。

戈琳勋爵　哦？

罗伯特·齐腾爵士　没有什么对她绝对不利的消息。相反的是：她的社会地位相当高。近乎公开的秘密是：亚亨男爵把他巨大财富的一大部分都遗留给了她。除此以外，别的消息我就不知道了。

戈琳勋爵　那么，她不会是一个间谍吧？

罗伯特·齐腾爵士　啊！间谍到了今天还有什么用？他们这一行的任务已经完成了。现在，取他们而代之的是新闻报纸。

戈琳勋爵　他们的报道如雷贯耳。

罗伯特·齐腾爵士　亚瑟，我口渴得嘴唇都要开裂了。我可以按铃要点饮料吗？葡萄酒或者矿泉水都行。

戈琳勋爵　当然可以。让我来吧。（按铃。）

罗伯特·齐腾爵士　谢谢！我真不知道怎么做好，亚瑟。我真不知道怎么做好。你是我唯一的朋友了。但是多么好的朋友啊？——我唯一信得过的朋友，我可以绝对信任你，对不对？

（菲利浦上。）

戈琳勋爵　我亲爱的罗伯特，当然对。（对菲利浦）拿葡萄酒和矿泉水来。

菲利浦　是，勋爵。

戈琳勋爵　还有，菲利浦！

菲 利 浦　是，勋爵。

戈琳勋爵　对不起，罗伯特，我要吩咐下人几句话。

罗伯特·齐腾爵士　那你请便。

戈琳勋爵　那位夫人来时，告诉她我今天有事要到市外去。你明白吗？

菲 利 浦　那位夫人已经在会客室了，勋爵。是你吩咐我这样安排的，勋爵。

戈琳勋爵　你做得很好。（菲利浦下。）我都搞乱了。不，我可以让她在门口看到信。虽然这样做不太妥当。

罗伯特·齐腾爵士　亚瑟，告诉我应该怎么办。我的生活全搞乱了。我是一条没有舵的船，在星月无光的黑夜里航行。

戈琳勋爵　罗伯特，你爱你的妻子，是不是？

罗伯特·齐腾爵士　我爱她胜过世上的一切。我过去以为雄心壮志是最伟大的事业。那是不对的。只有爱情才是，而我爱的就是她。但是我在她眼中名誉扫地了，我在她眼中成了一个小人。我们之间现在有了广阔的深渊。她已经发现了我的隐秘，亚瑟，她已经发现我的隐秘了。

戈琳勋爵　难道她这一生就没做过傻事——错事——使她也会原谅你的错误？

罗伯特·齐腾爵士　我的妻子吗！从来没有！她从不知道什么是软弱，什么是诱惑。我和别的男人一样是泥土做成的。她却和好女人一样——完美无缺，也不怜悯别人——冷酷无情，严格待人。但是我爱她，亚瑟。我们没有孩子，我既没有孩子可爱，也没有孩子爱我。也许如果上帝给了我们孩子，她也可能会对我好一些。但是，上帝给我们的是一个没有孩子的家庭，也把我的心分成两个一半了。我们不要再谈了。我看罪人和圣人谈话，罪人总是粗野的。我和她说的话都是真实而可恨的，都是站在我这一方，从我的观点，从男人的观点来说的。但是我们不要再谈了。

戈琳勋爵　你的妻子会原谅你的。也许现在她已经原谅你了。她爱你，罗伯特。那她为什么不原谅你呢？

罗伯特·齐腾爵士　上帝保佑！上帝保佑！（用手遮脸。）但是我还有话要对你说，亚瑟。

（菲利浦拿饮料上。）

菲　利　浦　（给罗伯特·齐腾爵士送上葡萄酒和矿泉水。）葡萄酒和矿泉水，爵士。

罗伯特·齐腾爵士　谢谢。

戈琳勋爵　你坐马车来的吗，罗伯特？

罗伯特·齐腾爵士　不是，我是从俱乐部走来的。

戈琳勋爵　罗伯特爵士可以用我的马车，菲利浦。

菲　利　浦　是，勋爵。（下。）

戈琳勋爵　罗伯特，你不介意我送你回家吧？

罗伯特·齐腾爵士　亚瑟，你得让我再待五分钟，我已经下了决心要在议院说什么话了。关于阿根廷运河的辩论定在十一点钟开始。（会客室中一张椅子倒地。）这是什么声音？

戈琳勋爵　没什么。

罗伯特·齐腾爵士　我听见隔壁房间有椅子倒地了。有人在听着呢。

戈琳勋爵　不会，不会，那间房里没有人。

罗伯特·齐腾爵士　房里有人。还有灯光，门还开了一条缝。有人在听我生活的机密。亚瑟，这是什么意思？

戈琳勋爵　罗伯特，你太激动，神经紧张了。我告诉你那房间里没有人。坐下吧，罗伯特。

罗伯特·齐腾爵士　你能给我保证那房间没有人？

戈琳勋爵　我能。

罗伯特·齐腾爵士　保证没有人？（坐下。）

戈琳勋爵　我保证。

罗伯特·齐腾爵士　（又站起来。）亚瑟，我要自己去看看。

戈琳勋爵　不行，不行。

罗伯特·齐腾爵士　既然没有人，为什么不让我去看看？亚瑟，你一定得让我去看看房间里有没有人偷听我生命的机密，亚瑟。你不知道我多么紧张。

戈琳勋爵　罗伯特，你不能去。我已经告诉你那个房间没有人——这就够了。

罗伯特·齐腾爵士　（冲到会客室房门口。）这还不够。我一定要到房间里去。你既然告诉我房间里没有人，那有什么理由不让我去看看？

戈琳勋爵　看在上帝面上。不要去！房间里有个你不应该见到的人。

罗伯特·齐腾爵士　啊，我猜到了！

戈琳勋爵　我不能让你进那个房间。

罗伯特·齐腾爵士　让开。我的生命有危险，我不管什么人在那里。但是我要知道什么人知道了我的秘密，知道了我的耻辱。（走进会客室。）

戈琳勋爵　天哪！他自己的妻子！

（罗伯特·齐腾爵士回到房里，脸色显得气愤。）

罗伯特·齐腾爵士　你有什么理由让那个女人到这里来？

戈琳勋爵　罗伯特，我用我的名誉向你发誓：那个女人对你是清白无辜的。

罗伯特·齐腾爵士　她是一个声名狼藉的坏女人！

戈琳勋爵　不要这样说，罗伯特！她是为了你的缘故才到这里来的。她爱的是你，不是别人。

罗伯特·齐腾爵士　你疯了吧？她对你的阴谋诡计和我有什么关系？让她还是做你的情妇吧！你们两个倒是很搭配的。她不要脸——你呢，作为朋友太虚伪，作为对头又太阴险。

戈琳勋爵　事实不是这样，罗伯特。老天在上，事实不是这样。当她的面，当你的面，我是可以解释清楚的。

罗伯特·齐腾爵士　让我走吧，爵士。你的名誉担保得已经足够了。

（罗伯特·齐腾爵士走出房间。戈琳勋爵冲到会客室门口时，车维莱太太洋洋得意、非常开心地走了出来。）

车维莱太太　（假装有礼貌地）你好，戈琳勋爵！

戈琳勋爵　车维莱太太！天呀！……我要问你，你在我会客室干什么了？

车维莱太太　不过听听而已。我非常喜欢从钥匙孔里听消息。那往往可以听到意外的新闻。

戈琳勋爵　那不是在考验上天了吗？

车维莱太太　啊，到了这个时候，上天是能经得起考验的。

（示意要他替她脱下外套。他照办了。）

戈琳勋爵　你来拜访，我很高兴。我正要去给你一点劝告。

车维莱太太　啊！请你免了吧。一个男人除了夜里的穿戴之外，不应该给女人什么东西。

戈琳勋爵　我看你还和从前一样随心所欲。

车维莱太太　不止如此！我已大有进步。经验丰富多了。

戈琳勋爵　经验太多反而危险。抽根烟吧。伦敦的美人有一半抽烟。我更喜欢另外一半。

车维莱太太　谢谢，我从来不抽烟。我的服装师不喜欢抽烟的人。而女人一生中最重要的，是不得罪她的服装师，对不对？第二重要的是什么？现在还没有人知道。

戈琳勋爵　你来告诉我罗伯特·齐腾那封信的事，对不对？

车维莱太太　告诉你是有条件的！你猜是什么条件？

戈琳勋爵　你还没有谈到主题呢。你带来了没有？

车维莱太太　（坐下。）啊，没有。漂亮的女装是没有衣袋的。

戈琳勋爵　你要的价钱是多少？

车维莱太太　你们英国人多荒谬！英国人认为支票本可以解决生活中的一切问题。那么，亲爱的亚瑟，我的钱比你多得多，几乎和罗伯特·齐腾拥有的差不多。钱并不是我需要的。

戈琳勋爵　那么，你要的是什么呢，车维莱太太？

车维莱太太　你为什么不叫我的名字罗娜？

戈琳勋爵　我不喜欢这个名字。

车维莱太太　你本来很喜欢的呀。

戈琳勋爵　对了，就是为了这个缘故。（车维莱太太招呼他坐到她身边来。他微微一笑，坐过来了。）

车维莱太太　亚瑟，你爱过我。

戈琳勋爵　是的。

车维莱太太　并且要我做你的妻子。

戈琳勋爵　这是爱你的自然结果。

车维莱太太　然后你又抛弃了我，因为你看见，或者不如说，你以为你看见莫拉克老勋爵死活要在登比养老院和我调情。

戈琳勋爵　我的印象是：我的律师已经和你解决了这个问题，而且条件——是你自己提出来的。

车维莱太太　那时我很穷，你却很有钱。

戈琳勋爵　你说得对。这就是你假装爱我的原意。

车维莱太太　（耸耸肩膀。）可怜的莫拉克老勋爵，他说来说去只有两个老话题：他的痛风病和他的妻子！我也搞不清楚他谈的到底是他的老毛病还是他的老婆。不管是哪一个，他说出来的话都会吓死人。得了，亚瑟，你过去真糊涂。怎么，你还看不出来：莫拉克老勋爵在我眼里不过是个耍耍的把戏而已。这种蠢货是只有星期天在英国的乡村家庭里才找得到的。我认为，没有人应该为那些住在英国乡村中的男男女女负什么责任。

戈琳勋爵　我知道有很多人这样想。

车维莱太太　我爱的是你，亚瑟。

戈琳勋爵　我亲爱的车维莱太太，你总是太聪明了，怎么一点不懂爱情？

车维莱太太　我过去真爱你。你也爱我。你知道你爱我，而爱是很奇妙的。我以为男人爱上了一个女人，他什么都肯做，就是不肯继续爱下去，对不对？

（把她的手放在他的手上。）

戈琳勋爵　（静静地把手缩回。）对的，只是不要这样。

车维莱太太　（停了一下。）我厌倦了国外生活，要回伦敦来。我要在这里有一栋漂亮的房子，有一个沙龙。只要能教会英国人怎样说话，又教会爱尔兰人怎样不说话，社交就会相当文明了。再说，我昨天已经进入了浪漫生活的阶段。当我昨夜看见你走进齐腾家的时候，我知道你是我唯一的心上人，如果我有过心上人的话，那就是亚瑟你。既然如此，那在你和我结婚的那天早上，我就会把罗伯特·齐腾的信交给你。这就是我的献礼。我现在就可以把信给你，只要你答应和我结婚。

戈琳勋爵 现在？

车维莱夫人 （微笑。）明天。

戈琳勋爵 你这话当真？

车维莱太太 对，自然当真。

戈琳勋爵 我会是一个很坏的丈夫。

车维莱太太 我不在乎坏丈夫，我已经有过两个了。我觉得他们非常有趣。

戈琳勋爵 你是说你自己非常有趣吧，是不是？

车维莱太太 你知道我的婚姻生活吗？

戈琳勋爵 不知道；但是我可以从书上看得出来。

车维莱太太 什么书呀？

戈琳勋爵 （站了起来。）算术书。

车维莱太太 你认为在你自己家里这样对待一个女性是很有趣的吗？

戈琳勋爵 如果是一个非常迷人的女性，那性别是进攻的武器，不是防守的堡垒。

车维莱太太　我以为这是一句恭维话。我亲爱的亚瑟，女人不会被恭维话解除武装的，只有男人才会，而且经常如此。这就是男性和女性的差别。

戈琳勋爵　就我所知的女人而言，无论什么也不能解除女人的武装。

车维莱太太　（停了一下。）这样看来，你是宁可让你最要好的朋友罗伯特·齐腾倾家荡产，也不愿和一个风韵还能颠倒众生的女人结婚的啰。我本来以为你会提高到牺牲自己的地步，亚瑟。现在我还认为你应该那样，那你剩下的时间就可以欣赏你的完美了。

戈琳勋爵　啊！我正在欣赏。自我牺牲应该立为法律，那就可以使得到帮助的人感到有愧于心，他们的关系就变坏了。

车维莱太太　你似乎认为有什么会使罗伯特·齐腾泄气似的！你忘记了我知道他的真正品格。

戈琳勋爵　你知道的不是他的真正品格。那是他年轻时做出的错事，不诚实，我承认，可耻，我也承认，因此……我认为这不是他真正的性格。

车维莱太太　你们男人多么善于彼此掩护啊！

戈琳勋爵　你们女人多么善于互相攻击啊！

车维莱太太　（*痛恨地*）我只攻击一个女人，只攻击洁露德·齐腾。我恨她，现在比从前恨得更厉害。

戈琳勋爵　因为你给她的生活带来了真正的悲剧，就是如此。

车维莱太太　（*嗤之以鼻。*）啊，一个女人一生只有一场真正的悲剧。那就是事实上她的过去只是她的情人，她的未来毫无变化地只是她的丈夫。

戈琳勋爵　关于你谈到的这种生活，齐腾夫人却毫无所知。

车维莱太太　女人的手套只有七八寸宽，能知道多少事？你知道洁露德手套的尺寸？所以我和她之间不可能有什么道德上的同情……好了，亚瑟，我认为我们之间的这场浪漫会谈可以结束了。你也承认这是浪漫的，是不是？为了取得成为你夫人的特权，我本来打算出一笔大价钱，放弃我的外交事业。你拒绝了。那好，如果罗伯特·齐腾爵士不支持我的阿根廷计划，我就要揭露他。就是这样。

戈琳勋爵　你不能这样做。这很坏，很可怕，很下流。

车维莱太太　（耸耸肩。）啊！不要扩大罪名。罪名作用很小。这只是一场商业上的买卖，不过如此而已。不要感情用事。我不过是要卖点东西给罗伯特·齐腾，如果他不答应我开的价钱，他就要付出更大的代价。没有什么更多的话可说。我要走了。不握握手吗？

戈琳勋爵　和你握手？你和罗伯特·齐腾的买卖不过是一个讨厌的商业时代的一场讨厌的商业买卖而已。但是，你似乎忘记了你今晚来这里是为了谈情说爱的；你的嘴唇玷污了爱情这个神圣的名词，对你而言，爱情是一本已经关上了的图书，你今天下午来到世界上一个最高贵而又温文尔雅的女人家里，来贬低她的丈夫在她心目中的地位，来扼杀她对丈夫的爱情，来毒害她的心灵，增加她生活的痛苦，来打碎她心灵的偶像，还可能损毁她的灵魂。这点我可不能原谅，这太可怕了，对这种事是无法原谅的。

车维莱太太　亚瑟，你对我太不公平了。相信我说的话：你对我十分不公平。我并不是来诋毁洁露德的。我来的时候完全没有做这种事的念头。我同马克比夫人来拜访，只是来问问我昨晚遗失了一个首饰、一块宝石，不知道是不是丢在齐腾家里了。如果你不相信，可以去问问马克比夫人，她会告诉你事实就是如此。这事发生在马克比夫人离开的时候，其实是洁露德冷嘲热讽逼出来的。我来啊——你也许认为不怀好意——其实只是来问问我的钻石首饰是不是遗忘在这里了。这就是事情发生的本末。

戈琳勋爵　一个带红宝石的蛇形胸针？

车维莱太太　对。你怎么知道的？

戈琳勋爵　因为胸针已经找到了。事实上是我自己找到的，但是在糊糊涂涂地离开家里的时候，我忘记告诉管家了。（走到写字台前，打开抽屉。）就放在抽屉里。不，不是这个抽屉。这不就是胸针吗？（拿起胸针。）

车维莱太太　对。找到了实在很高兴。这是……一个礼物。

戈琳勋爵　要不要戴起来？

车维莱太太　当然啰，（戈琳勋爵突然抓住她的胳膊。）你为什么把胸针给我当手镯戴？我从来不知道胸针还可以当手镯用。

戈琳勋爵　当真不知道？

车维莱太太　（露出她漂亮的胳臂。）不知道。但是戴在我的胳臂上看起来也很合适，是不是？

戈琳勋爵　是的，比我上次看到的时候漂亮多了。

车维莱太太　你上次是什么时候看到的？

戈琳勋爵　（镇静地）啊，十年前在伯克希尔夫人胳臂上看到过。后来被你偷走了。

车维莱太太　（吃了一惊。）你这是什么意思？

戈琳勋爵　我的意思是：你偷了我表姐玛丽·伯克希尔的首饰。那是我在她结婚时送她的礼物。当时怀疑是她的一个仆人偷的，就把他开除了。昨晚我才发现了这件首饰。我决定在抓到这个贼以前什么话也不说。现在，我发现了这个贼，并且听见她坦白承认了。

车维莱太太　（摇摇头。）不对。

戈琳勋爵　你知道这是事实。怎么，你没看见：此时此刻，"贼"字就写在你的脸上。

车维莱太太　我会从头到尾否认这事。我会说我从来就没有见过这件东西，它绝不是我的首饰。

（车维莱太太要把胳臂上的首饰取下，但做不到。戈琳勋爵看着暗笑。她的瘦手指取不下胳臂上的珠宝。她气得赌咒发誓。）

戈琳勋爵　要消灭偷东西的罪证，车维莱太太，首先就得要知道所偷的东西有什么奥妙。你如果不知道这首饰的弹簧在哪里，你就脱不下这件首饰。我看你就不知道弹簧在哪里，那是很难找到的。

车维莱太太　你这野种！你这坏蛋！（她要脱下首饰，但脱不下。）

戈琳勋爵　啊！不要说粗话。粗话没有用。

车维莱太太　（发神经似的愤怒，要脱下首饰，于是发出了不成言语的声音，然后停住，瞧着戈琳勋爵。）你想要做什么？

戈琳勋爵　我要按铃叫仆人来。他是一个了不起的管事人，总是一叫就到。等他一到，我就会要他去叫警察来。

车维莱太太　（发抖。）你要警察来干什么？

戈琳勋爵　明天贝克郡的警察局就会按照法律行事，拿你法办。这就是要警察来的缘故。

车维莱太太　（既害怕又痛苦，形于脸色。面孔扭曲，嘴巴张开。假面揭露。看来已经气急败坏。）不要叫警察来。我可以一切照办。

你要我做什么我就做什么。

戈琳勋爵　把罗伯特·齐腾的信给我。

车维莱太太　等一等！等我考虑一下。

戈琳勋爵　把罗伯特·齐腾的信给我。

车维莱太太　信不在我身上。我明天给你。

戈琳勋爵　你知道你在说谎。马上把信给我。（车维莱太太拿出信来，交给戈琳。面色惨白。）就这封信？

车维莱太太　（声音粗哑。）就是这封。

戈琳勋爵　（取出信来，检查一下，叹一口气，把信在灯上烧了。）作为一个讲究外表的女人，车维莱太太，你也有内心常识丰富的时刻。我祝贺你。

车维莱太太　（一眼看到齐腾夫人的信。信封刚从大本子下面露出来。）请你给我倒一杯水，好吗？

戈琳勋爵　当然可以。（去房间的角落里倒一杯水。在他转身的时候，车维莱太太把齐腾夫人的信偷走。等戈琳勋爵拿水回来时，她却做个手势不要喝了。）

车维莱太太　谢谢。请你给我披上外套，好吗？

戈琳勋爵　当然可以。（给她披上外套。）

车维莱太太　谢谢。我不会再为难罗伯特·齐腾了。

戈琳勋爵　幸亏你没有这个机会，车维莱太太。

车维莱太太　其实，即使我有这种机会，我也不会再使他为难的，恰恰相反，我倒要帮他一个大忙。

戈琳勋爵　听到这话我太高兴了。这是改过自新啊。

车维莱太太　对，我怎能忍受这样正直的一位上等人受到这样无耻的欺骗，这样——

戈琳勋爵　怎么？

车维莱太太　我不知道洁露德·齐腾的内心实话居然落到我的衣袋里来了。

戈琳勋爵　你这是什么意思？

车维莱太太　（带着痛苦的胜利口气。）我的意思是要让罗伯特·齐腾今夜看看他的夫人写给你的情书。

戈琳勋爵　情书？

车维莱太太　（笑。）“我需要你。我相信你。我就要来找你。洁露德。”

（戈琳勋爵冲上去拿起信封，信不见了，又转过身去。）

戈琳勋爵　你这个坏女人，不偷不行？把信还我，不要我动手。我不拿到信，你休想离开房间。

（他冲过去，车维莱太太立刻按铃。铃一响，菲利浦上。）

车维莱太太　（停了一下。）戈琳勋爵按铃要你给我备车。再见，戈琳勋爵！

（下。菲利浦随后。她脸上露出胜利的光辉，眼中露出喜色。她似乎恢复了青春，眼如利箭。戈琳勋爵咬着嘴唇，点着纸烟。）

（第三幕完）

第四幕

同第二幕。戈琳勋爵站壁炉前，双手插衣袋内，神情相当烦恼。

戈琳勋爵　（拿出表来看看，然后按铃。）真是烦恼。这里找不到一个可以谈话的人，而我却有这么多有趣的消息要说。我感到自己像一张最新出版的报纸。

（仆人上。）

詹姆斯　罗伯特爵士还在外交部，勋爵大人。

戈琳勋爵　齐腾夫人还没下来？

詹姆斯　夫人还没有离开房间。齐腾小姐刚刚骑马回来。

戈琳勋爵　（自言自语。）啊！这有问题。

詹姆斯　卡维汉勋爵在书房等罗伯特爵士。我告诉他您在这里。

戈琳勋爵　谢谢。你能不能告诉他我已经走了？

詹姆斯　（鞠躬。）遵命，勋爵大人。

（仆人下。）

戈琳勋爵　我一连三天不想见到父亲了。这对于任何儿子都是太大的刺激。我希望他千万不要上来。父亲最好是不见不闻。这是家庭生活的唯一基础。母亲却不同。母亲总是亲爱的。（重重地坐在椅子上，拿起一张报纸就看。）

（卡维汉勋爵上。）

卡维汉勋爵　喂，爵士，你在这做什么？我看你又是像平常一样浪费时间了？

戈琳勋爵　（丢下报纸，赶快站起。）亲爱的父亲，一个人拜访别人，目的总是浪费别人的时间，而不是浪费自己的。

卡维汉勋爵　你有没有认真想过我昨天晚上和你讲过的话？

戈琳勋爵　我一直没有想过别的。

卡维汉勋爵　要结婚吗？

戈琳勋爵　（温和地）时间不到，我想午餐之前不会结婚。

卡维汉勋爵　（挖苦。）如果对你方便，不妨等到吃晚餐吧。

戈琳勋爵　非常感谢，不过，我想还是先在午餐前订婚吧。

卡维汉勋爵　哼！谁知道你说的是真是假。

戈琳勋爵　我自己也不知道，父亲。

（二人无言。）

卡维汉勋爵　我看你读过今天的《泰晤士报》没有？

戈 琳 勋 爵　（装模作样地）《泰晤士报》？当然没读。我只看看《早邮报》。大家关心的当代生活只是公爵夫人们到哪里去了；其他消息都没兴趣。

卡维汉勋爵　你的意思是说，你没有读《泰晤士报》头版头条关于罗伯特·齐腾的辉煌事迹的报道？

戈 琳 勋 爵　天呀！没读。报道怎么说？

卡维汉勋爵　还能说什么呢，爵士？当然是一片恭维声了。齐腾昨晚关于阿根廷运河计划的演说，是下议院自卡宁以来最好的演说了。

戈 琳 勋 爵　啊！没有听过卡宁，也不想去听。难道……难道齐腾支持计划吗？

卡维汉勋爵　支持计划，爵士？你怎么这样不了解他！他彻底否定了计划，否定了当代财政的整个系统。这次演说是他事业的转机，正如《泰晤士报》指出的。你应该读读这篇文章，爵士。（打开《泰晤士报》。）“罗伯特·齐腾爵士……我们年青一代政治家中最有希望的明星……光辉灿烂的演说家……无可挑剔的事业……众所周知的正直性格……代表英国公共生活的优秀品质……外国政客道德松懈的鲜明对比。”他们对你可不会说这些话吧，爵士。

戈琳勋爵　我的确希望他们不会，父亲。不过，我很高兴听到你告诉我关于罗伯特的赞扬，非常高兴。这说明他有勇气。

卡维汉勋爵　他不只是有勇气，爵士，他还有才气。

戈琳勋爵　啊！我还是要说勇气。今天，才气已经用滥，人人都有了！

卡维汉勋爵　我倒是希望你能进议院。

戈琳勋爵　亲爱的父亲，只有傻瓜才想进下议院，只有傻瓜才会在议院得意扬扬。

卡维汉勋爵　你这一生为什么不做点有用的事呢？

戈琳勋爵　我还太年轻了。

卡维汉勋爵　（急躁地）我讨厌假装年轻，爵士。现在太流行装模作样了。

戈琳勋爵　年轻不是假装的，年轻是艺术。

卡维汉勋爵　你为什么不向那位漂亮的齐腾小姐求婚呢？

戈琳勋爵　我会神经紧张，尤其是在早上。

卡维汉勋爵　我看不出她有一点接受你的可能。

戈琳勋爵　我不知道今天打赌哪一家会赢。

卡维汉勋爵　如果她接受你求婚，那她就是英国最美丽的傻瓜了。

戈琳勋爵　那倒正是我求之不得的对象。一个彻头彻尾多情善感的妻子，会在六个月内把我变成一个绝对的傻瓜。

卡维汉勋爵　你配不上她，爵士。

戈琳勋爵　我亲爱的父亲，如果我们男人和我们配得上的女人结了婚，那我们就要过一段很糟糕的生活了。

（玛贝尔·齐腾上。）

玛贝尔·齐腾　啊！——你好，卡维汉勋爵？我希望卡维汉夫人也好。

卡维汉勋爵　卡维汉夫人和平常一样，和平常一样。

戈琳勋爵　早上好，齐腾小姐！

玛贝尔·齐腾 （根本不把戈琳勋爵放在眼里，只和卡维汉勋爵谈话。）卡维汉夫人的帽子呢？……是不是好戴一点啦？

卡维汉勋爵 只是戴得越来越松了。对不起，这是实话。

戈琳勋爵 早上好，玛贝尔小姐。

玛贝尔·齐腾 （只对卡维汉勋爵说。）我希望不必动手术吧。

卡维汉勋爵 （对她微微一笑。）如果要动手术，那也只好给卡维汉夫人吃点安眠药了。否则，她连帽子上一根毛都不许你动的。

戈琳勋爵 （更加高声）早上好，玛贝尔小姐！

玛贝尔·齐腾 （假装吃惊地转过头来。）啊，你也来了。当然，你知道，自从你在公园失约之后，我就不再和你谈话了。

戈琳勋爵 啊，请不要这样说。如果我在伦敦还想找人说话，那你的确就是唯一的人了。

玛贝尔·齐腾 戈琳勋爵，不管是你对我或是我对你说的话，我一句都不相信。

卡维汉勋爵 你说得对，我亲爱的。我的意思是说，就戈琳而言，你说得非常对。

玛贝尔·齐腾　你认为你可能偶尔使你儿子的行为变得稍微好一点吗？哪怕只是稍微有点改变也好。

卡维汉勋爵　对不起，玛贝尔小姐，我对我的儿子没有一点影响。我希望我能有。如果我有，我知道我会要他怎样做的。

玛贝尔·齐腾　我怕他有一个可怕的弱点，那就是不会接受影响。他是一个没有心的人，一个没有心的人。

戈琳勋爵　在我看来，我在这里是不是有点碍事了？

玛贝尔·齐腾　你在这里碍事，那正好。你可以知道人家在背后怎样说你的。

戈琳勋爵　我不喜欢知道人家在我背后怎样说我。那会使我更加自高自大了。

卡维汉勋爵　听了你这句话，亲爱的，我不得不和你说再见了。

玛贝尔·齐腾　啊！我希望你不会把我留下来和戈琳勋爵一个人单独谈话吧？尤其是现在时间还这么早啊。

卡维汉勋爵　我怕我也不能把他带到唐宁街去吧。今天并不是首相接见无业游民的日子。

（和玛贝尔·齐腾握手。拿起帽子和手杖，走了出去，临走时瞪了戈琳勋爵一眼。）

玛贝尔·齐腾　（拿起玫瑰花来，放在桌上碗里，整理摆好。）安排了在公园会面却又失约，这种人真可恶。

戈琳勋爵　真讨厌。

玛贝尔·齐腾　我很高兴你也同意。不过，我希望你不要看起来很喜欢见面的样子。

戈琳勋爵　我也没办法。我和你在一起，看起来很开心。

玛贝尔·齐腾　（忧郁）那么，我看，难道我有责任和你待在一起？

戈琳勋爵　当然是的。

玛贝尔·齐腾　那好，原则上，我从来没有什么责任。责任总使我不快活，所以我怕我要离开你了。

戈琳勋爵　请不要走，玛贝尔小姐。我有特别重要的事要和你讲。

玛贝尔·齐腾 （非常高兴）是求婚吗？

戈琳勋爵 （有点吃惊）你说得好，对，是的——我不得不这样说了。

玛贝尔·齐腾 （快活地叹了一口气。）我很高兴。这是今天第二件好事了。

戈琳勋爵 （恨恨地）第二件好事？哪一个自高自大的笨驴敢在我向你求婚之前，居然向你提出求婚吗？

玛贝尔·齐腾 当然是汤姆·特拉法了。这是汤姆一个求婚的日子。在这个季节里，他总是在星期二和星期四求婚的。

戈琳勋爵 我希望，你没有接受他吧？

玛贝尔·齐腾 我原则上是不接受汤姆的，所以他继续不断地求婚。当然，因为你今天早上没有来，我几乎要答应他了。假如我答应了他，那对他、对你，都是一个教训，教你们要懂规矩。

戈琳勋爵 啊！教训汤姆·特拉法，汤姆是一条笨驴。而我是爱你。

玛贝尔·齐腾　这我知道。我以为你早就应该提出来了。我敢肯定，我已经给过你一大堆机会了。

戈琳勋爵　玛贝尔，要认真。请你一定要认真。

玛贝尔·齐腾　啊！这是男人在婚前常对女人说的话，结婚后就再也不这样说了。

戈琳勋爵　（抓住她的手。）玛贝尔，我已经对你说过：我爱你。你能不能给我一点爱情作为回报？

玛贝尔·齐腾　你这个傻亚瑟！哪怕你知道一点，但是你却一点也不知道，你怎么能不知道我崇拜你呢？除了你以外，伦敦没有一个人不知道。我对你表示崇拜的方式方法，已经成为公开的笑话了。最近六个月来，我已经跑遍各个地方，告诉整个社会我崇拜你。我真奇怪，你居然会同意说什么你还有话要对我说呢！我已经没有剩下的独立人格了。至少，我感到这样快活，敢肯定说：我已经没有独立的人格了。

戈琳勋爵 （把她抱在怀里，吻她，然后沉醉在无言的幸福中。）亲爱的！你知道吗？我本来是多么害怕遭到你的拒绝啊！

玛贝尔·齐腾 （抬起头来望着他。）但是你从来没有碰到过拒绝你的人呀。你碰到过没有，亚瑟？我简直无法想象有什么人能拒绝你。

戈琳勋爵 （再吻她后。）但我对你并不是那么好的，玛贝尔。

玛贝尔·齐腾 （依偎着戈琳。）我是这样快活。亲爱的，我只怕你对我不好。

戈琳勋爵 （犹豫了一下。）而我……我都三十出头了。

玛贝尔·齐腾 亲爱的，你看起来还要过好几个星期才能算三十岁呢。

戈琳勋爵 （热情地）你这样说多可爱啊！……所以我不得不老实告诉你：我得到的已经出我意外了。

玛贝尔·齐腾 那我也是一样，亚瑟。我们肯定可以搭配得非常好。现在，我得去看洁露德了。

戈琳勋爵　的确要去？（吻她。）

玛贝尔·齐腾　对。

戈琳勋爵　那就请你告诉她：我特别要和她谈谈。我已经在这里等了一个早上，要见她或者罗伯特。

玛贝尔·齐腾　那你的意思是说：你今天早上到这里来，并不是专门来向我求婚的？

戈琳勋爵　（胜利地）不是，那只是灵机一闪。

玛贝尔·齐腾　你第一次？

戈琳勋爵　（坚决地）最后一次。

玛贝尔·齐腾　听到这话非常高兴。现在，你不要动。我五分钟就回来。我不在的时候，可不要受到诱惑。

戈琳勋爵　亲爱的玛贝尔，你一走，这里就没有人了。那会使我特别依赖你的。

（齐腾夫人上。）

齐腾夫人　你好，亲爱的！你看起来多么漂亮！

玛贝尔·齐腾　你看起来怎么脸色苍白，洁露德！这看起来简直相得益彰了！

齐腾夫人　你好，戈琳勋爵！

戈琳勋爵　（鞠躬。）你好，齐腾夫人！

玛贝尔·齐腾　（对戈琳勋爵旁白）我会在左边第二棵棕榈树下的温室里等你。

戈琳勋爵　左边第二棵？

玛贝尔·齐腾　（假装吃惊的样子。）对，平常就在那棵树下。

（不等齐腾夫人看见，就送个飞吻走了。）

戈琳勋爵　齐腾夫人，我有一些好消息告诉你。车维莱太太昨夜把罗伯特的信给我，我烧了。罗伯特没事了。

齐腾夫人　（石头落地一般坐到沙发上。）没事了！啊！我太高兴了。你是他的——是我们的好朋友啊！

戈琳勋爵　现在可以说：只有一个人可能会有一点危险。

齐腾夫人　谁呀？

戈琳勋爵　（坐到她身边来。）那就是你。

齐腾夫人　我会有危险？

戈琳勋爵　危险说得太重。我不该说。说得使你难受，也就使我更加难受。昨晚你给我写了一封很美的女人的信，求老朋友帮助的信，帮助你的丈夫。车维莱太太却把信偷走了。

齐腾夫人　那信对她有什么用？她为什么不可以看信？

戈琳勋爵　（站了起来。）齐腾夫人，我要和你坦白说清楚。车维莱太太把这封信虚构成另一种书信，并且打算把信寄给你的丈夫。

齐腾夫人　她能把这封信虚构成什么呢？……啊！不会是那种信！不会是那种信！如果我有——有困难，而且需要你帮助，信任你，提出来我要找你……你可以来……同我一起……啊！有这么可怕的女人吗？而且她打算把信送给我的丈夫？告诉我发生了什么事，告诉我发生的一切。

戈琳勋爵　车维莱太太偷偷地藏在我书房隔壁的一间房子里，而我却不知道。我以为在那个房间里等着要见我的是你。罗伯特突然来了。一张椅子或者其他什么东西在那间房子里倒了下来。他冲了进去，发现了她。我们吵了一架。那时我一直以为是你呢。他气愤地离开了我，结果是车维莱太太拿到了你的信——她偷走的，什么时候，怎么偷的，我却一点都不知道。

齐腾夫人　这是什么时间发生的事？

戈琳勋爵　十点半钟。现在，我看我们得立刻把这事原原本本地告诉罗伯特。

齐腾夫人　（惊讶地，几乎可以说是恐怖地瞧着他。）你要我告诉罗伯特：你等待的不是车维莱太太，而是我？你以为我会在夜里十点半钟一个人藏在你家里的一个房间里？你还要我把这些告诉他？

戈琳勋爵　我以为最好让他知道事实的全部真相。

齐腾夫人　（站了起来。）啊，我做不到，我做不到！

戈琳勋爵　可以让我来吗？

齐腾夫人　不行。

戈琳勋爵　（认真地）那你就错了，齐腾夫人。

齐腾夫人　不，这封信不能给他。这是最重要的。

但是怎么做得到呢？一天到晚，时时刻刻都有他的信。他的秘书会把信拆开交给他。我不敢要仆人把信都交给我。那不可能。啊！你为什么不告诉我该怎么办？

戈琳勋爵　请你冷静一点，齐腾夫人，回答我要提出来的问题。你说他的秘书会拆开他的信。

齐腾夫人　是的。

戈琳勋爵　哪个秘书今天跟他在一起？是不是达夫德？

齐腾夫人　不是，我想是芒沃德。

戈琳勋爵　你信得过他吗？

齐腾夫人　（做出一个失望的手势。）啊！我怎么知道？

戈琳勋爵　他会按照你的要求去做，会不会？

齐腾夫人　我想会的。

戈琳勋爵　你的信是用粉红色信纸写的。他不必看信就可以知道。是不是？只看信封颜色就知道了。

齐腾夫人　我想是的。

戈琳勋爵　他现在在家里吗?

齐腾夫人　在。

戈琳勋爵　那我立刻亲自去见他，告诉他今天有一封粉红色的信给罗伯特，但无论如何不能让这封信落到他手上。(走到门口，开门一看。)啊！罗伯特上楼来了。信已经在他手里。

齐腾夫人　(痛苦地叫了起来。)啊！你这一下救了他的命；可要了我的命啰。

(罗伯特·齐腾上，正在念手里拿着的信。他向着妻子走来，没有注意到戈琳勋爵也在场。)

罗伯特·齐腾爵士　“我需要你。我相信你。我就要来找你。洁露德。”啊，我心爱的人儿！这是真的吗？你当真相信我，需要我吗？你这一封信，洁露德，使我觉得现在世界上没有什么可伤害我的了。你要我啊，洁露德。

(戈琳勋爵对齐腾夫人做了一个没被罗伯特看到的手势，要她不说破罗伯特的误解。)

齐腾夫人　是的。

罗伯特·齐腾爵士　你相信我，洁露德?

齐腾夫人　是的。

罗伯特·齐腾爵士　啊！为什么不加上一句，说你爱我呢?

齐腾夫人　(拉着他的手。)因为我爱你。

(戈琳勋爵走进温室。)

罗伯特·齐腾爵士　(吻她。)洁露德，你不知道我感到多么高兴。芒沃德把你的信送到我桌上——我以为他没有看清信封上的笔迹，就错误地拆开了信——我读了信——啊！我不在乎会丢人或者会受处罚，我只想到你还爱我，这就够了。

齐腾夫人　这不会有什么丢人，也不会使大家觉得可耻。车维莱太太把她手中的信件交给了戈琳勋爵，而勋爵把信件销毁了。

罗伯特·齐腾爵士　你能肯定吗，洁露德?

齐腾夫人　我能；这是戈琳勋爵刚告诉我的。

罗伯特·齐腾爵士　那么我安全了！啊！安全是多么

美妙的事情！两天来我一直提心吊胆。现在我安全无事了。亚瑟是怎样销毁信件的？告诉我吧。

齐腾夫人　他把信烧了。

罗伯特·齐腾爵士　我真想看到我年幼无知时犯下的罪证化为灰烬啊。在现实生活中，多少人想看到他们的过去能够化为一片烟灰！亚瑟还在这里吗？

齐腾夫人　在，在温室里。

罗伯特·齐腾爵士　我现在真高兴昨夜在议院发表了这篇演说，真高兴。我演说的时候还怕结果会引起大家的不满呢。结果却是这样。

齐腾夫人　结果却是众口赞誉。

罗伯特·齐腾爵士　我想结果是这样的。我几乎害怕这样的结果。因为虽然我不会受到侦察了，虽然我认为对我不利的证据都销毁了，我觉得，洁露德……我觉得我应该隐退了。（他焦急地瞧着妻子。）

齐腾夫人　（着急）啊，对，罗伯特，你应该这样。

这是你的责任。

罗伯特·齐腾爵士　这要付出多少。

齐腾夫人　不对，这会得到多少。

（罗伯特·齐腾爵士在室内走来走去，心情不安。然后走到妻子身边，把手放在她肩上。）

罗伯特·齐腾爵士　你单独和我生活在一个地方，或许去国外，或许离开伦敦去外地，离开公职生活。你会有遗憾吗？

齐腾夫人　啊！没有遗憾，罗伯特。

罗伯特·齐腾爵士　（悲哀地）那你对我的期望呢？你过去对我一直有期望啊。

齐腾夫人　啊，我的期望！我现在没有期望了，只希望我们两个相亲相爱。过去是你的雄心壮志使你误入歧途，现在我们不要再谈雄心壮志了。

（戈琳勋爵从温室回来，看起来自得其乐，纽扣孔换了一个别人为他做的新装饰。）

罗伯特·齐腾爵士　（向亚瑟走来。）亚瑟，我得谢谢你为我做的事。我不知道如何才能报答你。（和他握手。）

戈琳勋爵　我亲爱的朋友，我会立刻就告诉你。现在，就在平常那棵棕榈树下……我是要说在温室里……

（马逊上。）

马　逊　卡维汉勋爵到。

戈琳勋爵　我这位可敬的父亲总是在不应该出现的时间出现。他真是无心胜有意了。

（卡维汉勋爵上。马逊下。）

卡维汉勋爵　你好，齐腾夫人！热烈祝贺你，齐腾，祝贺你昨晚出色的演说。我刚从内阁总理那里来。内阁出了空缺，席位就由你来填补了。

罗伯特·齐腾爵士　（看起来面有得色。）内阁的席位？

卡维汉勋爵　对。这是内阁总理的亲笔信。

罗伯特·齐腾爵士　（拿起信来念。）内阁的席位！

卡维汉勋爵　当然，你配坐这个位子。你得到了我们今天在政治生活上所向往的高尚的品质、高尚的道德、高尚的原则。（对戈琳勋爵）而这正是你缺少的，爵士，而且永远得不到的。

（罗伯特·齐腾爵士正要接受内阁总理的信件，发现他妻子明亮而坦诚的眼光正瞧着他。于是他觉得是不能接受的。）

罗伯特·齐腾爵士　我不能接受这个职位，卡维汉勋爵。我已经决定谢绝了。

卡维汉勋爵　谢绝，爵士？

罗伯特·齐腾爵士　我打算立刻离开公务生活。

卡维汉勋爵　（生气。）拒绝接受一个内阁席位，并且退出公务生活？我整个一生都没有听说过这样该死的没有意义的无聊话。我请你原谅，齐腾夫人。齐腾，我也请你原谅。（对戈琳勋爵）不要那样笑里带刺。

戈琳勋爵　没有，父亲。

卡维汉勋爵　齐腾夫人，你是一位通情达理的女士，全伦敦最通情达理的女士，我知道的最通情达理的女士。你能不能好心好意请你丈夫不要做出这样一个……不要这样说话……能不能求你，齐腾夫人。

齐腾夫人　我看我丈夫的决定是正确的，卡维汉勋爵。所以我支持他的决定。

卡维汉勋爵　你支持他？天呀！

齐腾夫人　（拉起她丈夫的手来。）为了这件事我崇拜他。我非常崇拜他，我以前从来没有这样崇拜过他。他比我过去所知道的要好得多。（对罗伯特·齐腾爵士）你现在可以去写你给内阁总理的回信了，好不好？不要犹疑不决，罗伯特。

罗伯特·齐腾爵士　（有苦说不出。）我认为最好现在就写。这种建议不会再提出来的。对不起，我要请你原谅我一会儿，卡维汉勋爵。

齐腾夫人　我要和你同走，罗伯特，好不好？

罗伯特·齐腾爵士　好的，洁露德。

（齐腾夫人和丈夫同下。）

卡维汉勋爵　这一家人怎么搞的？一定是出了什么问题，哼？（拍拍脑袋。）是发傻了？我看是遗传的，两个人都一样。妻子和丈夫。非常可悲，的确非常可悲。而他们，而他们并不是一个旧式家庭。真不懂了。

戈琳勋爵　他们没有毛病，父亲，我敢保证。

卡维汉勋爵　那你看是什么缘故呢，爵士？

戈琳勋爵　（考虑了一下。）我看这是今天所谓的道德高调，父亲。不过如此而已。

卡维汉勋爵　讨厌这些新造出来的名词。就像我们五十年前所说的胡思乱想一样。我不想在这家里再待下去了。

戈琳勋爵　（挽住他的胳膊。）啊！请顺便去看一下，父亲。就是左边第三棵棕榈树下，大家常说到的那棵棕榈树下。

卡维汉勋爵　什么，爵士？

戈琳勋爵　对不起，父亲，我忘了说，就是温室，父亲，就是温室——那里有一个人我希望你能和她谈谈。

卡维汉勋爵　谈什么，爵士？

戈琳勋爵　谈我的事，父亲。

卡维汉勋爵　（冷淡地）不是一个可以高谈阔论的

题目。

戈琳勋爵　不是，父亲；但是那一位女士像我。她不想议论别人，她认为那是多管闲事。

（卡维汉勋爵进入温室。齐腾夫人上。）

戈琳勋爵　齐腾夫人，你对车维莱太太这张牌是怎样玩的？

齐腾夫人　（吃了一惊。）我不明白你的意思？

戈琳勋爵　车维莱太太企图把你丈夫赶出政治生活，或者使他处在不名誉的地位。你把他从不名誉的地位中救出来了，现在，你却又要把他推出政治生活。为什么你要做车维莱太太想做而做不到的事？

齐腾夫人　戈琳勋爵？

戈琳勋爵　（努力勉强自己去表现出一个花花公子的外衣掩盖下的哲学思想家的内涵。）齐腾夫人，请听我说。你昨晚写了一封信要我相信你，帮助你。现在你真需要我帮助的时候到了，现在需要你信任我，信任我的意见和判断的时候到了。你爱罗伯特，你要消灭他对你的爱情吗？你会要他去过一种怎么样的生活？如果你使他得不到他的雄心壮志所要得到的结果，如果你淹没了他伟大的政治生涯的光辉，如果你关上了他为公众尽心尽力的大门，如果你使他成为一无所有的失败者，那他会怎么样？他是一个想要胜利和成功的人。女人生来不是批判我们，而是当我们需要谅解的时候，来谅解我们的。对不起。惩罚不是她们的任务。你为什么要因为他年轻时犯的错误而责备鞭打他呢？那时他还不认识你，他还没有自知之明。一个男人的生命比女人的价值更高。他处理的问题更大，范围更广，更有雄心大志。一个女人的生活总是在感情的圈子里转来转去。一个男人的智力生活却是沿着直线前进的。不要犯下严重的错误，齐腾夫人。一个女人能够得到男人的爱情，并且用爱情做回报，那就是世界上对女人的全部要求，或者是只应该提出的要求。

齐腾夫人 （心情混乱，犹豫不决。）但是我的丈夫自己想要退出公务生活。他觉得这是他的责任。这也是他自己先说的。

戈琳勋爵 为了不失掉你的爱情，罗伯特什么事都愿意做，甚至不惜牺牲他的事业，他现在正处在这个边缘。他在为你做出一个可怕的牺牲。听我的劝告，齐腾夫人，不要接受这样大的一个牺牲，如果你接受了，你这一生都会痛苦地后悔的。无论男女，都不应该接受对方做出这种牺牲。我们不配接受。再说，罗伯特受到的惩罚已经够多的了。

齐腾夫人 我们两个都受到了惩罚。我对他要求太高了。

戈琳勋爵 （声音中流露出深情。）但也不要为了这个缘故就把要求降得太低。如果他从圣坛上掉下来，也不要把他推到泥潭里去。对罗伯特来说，失败已经是个耻辱的泥潭。他有赢得权力的雄心。他可以牺牲一切，甚至对爱情的感觉。你丈夫的生活在你手中，他的爱情也在你手中，不要让他失掉。

（罗伯特·齐腾爵士上。）

罗伯特·齐腾爵士　洁露德，这是我回信的草稿。要不要我读给你听？

齐腾夫人　让我看看。

（罗伯特·齐腾爵士把信给她。她读信后，用带感情的手势把信撕了。）

罗伯特·齐腾爵士　你这是为什么？

齐腾夫人　男人的生活比女人的价值高得多。男人的一生可以解决重要的问题，有广阔的范围，实现伟大的雄图。我们女人的生活却只是在感情的圈子里转来转去。而男人的生活是按照直线前进的。这是我刚从戈琳勋爵那里听到的，还不止这些。我不能让你的生命受到损失，也不能坐视你为了我而做出牺牲！

罗伯特·齐腾爵士　洁露德！洁露德！

齐腾夫人　你可以忘记。男人很容易忘记，这点我可以原谅，而这正是女人有助于全世界的地方。现在我看到这一点了。

罗伯特·齐腾爵士 （深深地被感情压倒，拥抱了她。）我的妻子！我的妻子！（对戈琳勋爵）亚瑟，看来我总要欠你的感情债。

戈琳勋爵 啊，亲爱的，不对，罗伯特。你是欠齐腾夫人的债，不是欠我的！

罗伯特·齐腾爵士 我欠你的多着呢。现在，你告诉我，刚才卡维汉勋爵进来的时候，你要对我说什么？

戈琳勋爵 罗伯特，你是你妹妹的保护人，我要和她结婚，所以要来征求你的同意。就是这个问题。

齐腾夫人 啊，我太高兴了，我太高兴了。（和戈琳勋爵握手。）

戈琳勋爵 谢谢你，齐腾夫人。

罗伯特·齐腾爵士 我的妹妹要做你的妻子？

戈琳勋爵 是的。

罗伯特·齐腾爵士 （非常坚决地说。）亚瑟，非常对不起，但是事实是不成问题的。我得考虑玛贝尔未来的幸福。而我认为她的幸福如果掌握在你手里，那是不可靠的。所以我不能让她做出这个牺牲。

戈 琳 勋 爵　要她做出牺牲？

罗伯特·齐腾爵士　对，完全是牺牲。没有爱情的婚姻是可怕的。但是有一种比绝对没有爱情的婚姻还更坏，那就是虽然有爱情，但爱情是单方面的，说实话，就是只有一方面有爱情，有诚意，但只是一方面有，因此两颗心中，另一颗是一定要心碎的。

戈 琳 勋 爵　但是，我爱玛贝尔呀。没有别的女人占有了我生活中的地位。

齐 腾 夫 人　罗伯特，如果他们彼此相爱，为什么他们不应该结婚呢？

罗伯特·齐腾爵士　亚瑟不会给玛贝尔带来她所应该得到的爱情。

戈 琳 勋 爵　你有什么理由这样说？

罗伯特·齐腾爵士　根据你自己的选择。昨天晚上，我到你家里去的时候，我发现车维莱太太躲在你的房间里。那是晚上十点到十一点，我用不着再多说什么了。你对车维莱太太的感情，我昨天晚上已经对你说过，和我没有任何关系。我知道你曾经一度订约要和她结婚，她对你所产生的魅力似乎又死灰复燃了。你昨晚对我谈到她是一个纯洁无瑕的女人，一个你尊重而又敬爱的人。事实可能也是如此。但是我却不能把我妹妹的一生交到你手上。这可能是我搞错了。但是对她来说，这是太不公平，不公平到了不名誉的地步了。

戈 琳 勋 爵　那我有什么好说的呢?

齐 腾 夫 人　罗伯特，戈琳勋爵昨天晚上等待的不是车维莱太太。

罗伯特·齐腾爵士　不是车维莱太太！那是谁呢?

戈 琳 勋 爵　就是齐腾夫人。

齐 腾 夫 人　就是你自己的妻子。罗伯特，昨天下午戈琳勋爵对我说：如果我有困难，可以找他帮助解决，因为他是我们最老又最好的朋友。后来，我们这间房里发生了这件可怕的事情，我就写信告诉他我相信他，我需要他，我就要来找他，求他帮忙想想办法。（罗伯特·齐腾爵士从衣袋里拿出信来。）对，就是这封信。但是我没有到戈琳勋爵家去。我想，到底这是我们应该自己解决的问题。自尊心使我想到了这一点。但是车维莱太太却去了。她偷了我的信，并且，作为匿名信在今天早上寄给了你。让你误以为……啊！罗伯特，我不想说她要你怎么猜……

罗伯特·齐腾爵士　怎么！难道我在你眼里会堕落到这个地步，会怀疑你另有所好？哪怕一片刻的怀疑我都受不了。洁露德，洁露德，你在我心目中就是最纯洁、最美好的象征，罪恶永远不会和你沾边。亚瑟，你可以去告诉玛贝尔，说你已经得到了我衷心的祝愿！啊！等一等。这封信上并没有收信人的名字。这位聪明过人的车维莱太太似乎没有注意到这一点。应该有一个名字呀。

齐腾夫人　那我就写上你的名字吧。我信任的是你，需要的也是你。只有你，没有别人。

戈琳勋爵　好，的确，齐腾夫人，我想，信应该交给我这个收信人吧。

齐腾夫人　（微笑。）不，你应该得到玛贝尔的信。

（拿起信来，写上她丈夫的名字。）

戈琳勋爵　好，我希望她不会改变了主意。我刚才见到她还不过是二十分钟以前的事呢。

（玛贝尔·齐腾同卡维汉勋爵上。）

玛贝尔·齐腾　戈琳勋爵，我认为你父亲讲的话比你讲得好。我将来只和卡维汉勋爵谈，并且总在那棵棕榈树下。

戈琳勋爵　亲爱的！（吻她。）

卡维汉勋爵　（大大地退后了几步。）你这是什么意思，爵士？难道你的意思是说：这个聪明可爱的姑娘居然傻到接受你的地步了？

戈琳勋爵　当然了，父亲！而齐腾也聪明得能接受内阁的席位了。

卡维汉勋爵　听到这个太高兴了，齐腾……我祝贺你，爵士。如果国家不是由激进派或者这些狗东西掌权，总有一天你会当上内阁总理的。

（马逊上。）

马　　逊　午餐已经准备好了，夫人！（马逊下。）

玛贝尔·齐腾　你也来吃午餐吧，卡维汉勋爵，好不好？

卡维汉勋爵　我很高兴。将来我要把你赶到唐宁街总理府去，齐腾。你的前程远大。（对戈琳勋爵）但愿我对你也能说同样的话，爵士。不过，你的事业恐怕整个都是内务。

戈琳勋爵　是的，父亲，我喜欢搞内务。

卡维汉勋爵　如果你不能使这位小姐有一个理想的丈夫，我不消花一文钱就可以取消你的继承权。

玛贝尔·齐腾　理想的丈夫！啊，我想我并不需要。这听起来好像就在天上。

卡维汉勋爵　那你希望他怎么样呢，亲爱的？

玛贝尔·齐腾　他爱怎么样就怎么样。我需要的只是做一个……做一个……啊！做一个他真正的妻子。

卡维汉勋爵　说实话，这句话包含着大道理，齐腾夫人。

（众下。罗伯特·齐腾爵士留台上，他坐进椅子里，陷入沉思。过一会儿，齐腾夫人来找他。）

齐腾夫人　（扶椅背上。）你来就餐吗，罗伯特？

罗伯特·齐腾爵士　（拿起她的手来。）洁露德，你是爱我呢，还只是同情呢？

齐腾夫人　（吻他。）当然是爱情，罗伯特。爱情，只有爱情。我们两个人的新生活要开始了。

（闭幕）